Ludwig Fulda

Die Kameraden

Lustspiel in drei Aufzügen

Ludwig Fulda

Die Kameraden
Lustspiel in drei Aufzügen

ISBN/EAN: 9783744625104

Hergestellt in Europa, USA, Kanada, Australien, Japan

Cover: Foto ©Andreas Hilbeck / pixelio.de

Weitere Bücher finden Sie auf **www.hansebooks.com**

Die Kameraden.

Verlag der J. G. Cotta'schen Buchhandlung Nachfolger in Stuttgart.

Bourget, Paul, Das gelobte Land. Roman.	Geh. M. 3.—	Geb. M. 4.—
Ebner-Eschenbach, M. v., Erzählungen.	Geh. M. 3.50.	Geb. M. 4.50.
—„— Bozena. Erzählung.	Geh. M. 3.50.	Geb. M. 4.50.
—„— Margarete. 2. Auflage.	Geh. M. 2.—	Geb. M. 3.—
Fulda, L., Die Sklavin. Schauspiel. 2. Aufl.	Geh. M. 2.—	Geb. M. 3.—
—„— Das verlorene Paradies. Schauspiel.	Geh. M. 2.—	Geb. M. 3.—
—„— Der Talisman. Dramat. Märchen. 12. Aufl.	Geh. M. 2.—	Geb. M. 3.—
—„— Lebensfragmente. Zwei Novellen.	Geh. M. 2.—	Geb. M. 3.—
—„— Die Kameraden. Lustspiel.	Geh. M. 2.—	Geb. M. 3.—
Gött, Emil, Verbotene Früchte. Lustspiel.	Geh. M. 1.50.	Geb. M. 2.50.
Heyse, Paul, Neue Novellen. 7. Auflage.	Geh. M. 3.50.	Geb. M. 4.50.
Hopfen, Hans, Der letzte Hieb. 2. Auflage.	Geh. M. 2.50.	Geb. M. 3.50.
Junghans, S., Schwertlilie. Roman. 2. Aufl.	Geh. M. 4.—	Geb. M. 5.—
Kirchbach, W., Miniaturen. Fünf Novellen.	Geh. M. 4.—	Geb. M. 5.—
Lindau, Rudolf, Martha. Roman.	Geh. M. 5.—	Geb. M. 6.—
Madách, E., Die Tragödie des Menschen. 3. Aufl.	Geh. M. 3.—	Geb. M. 4.—
Mauthner, Fritz, Hypatia. Roman. 2. Auflage.	Geh. M. 3.50.	Geb. M. 4.50.
Petri, Julius, Pater peccavi! Roman.	Geh. M. 3.—	Geb. M. 4.—
Pohl, Emil, Vasantasena. Drama. 3. Auflage.	Geh. M. 2.—	Geb. M. 3.—
Schunfui, Tamenaga, Treu bis in den Tod.	Geh. M. 3.—	Geb. M. 4.—
Sudermann, H., Frau Sorge. Roman. 25. Aufl.	Geh. M. 3.50.	Geb. M. 4.50.
—„— Geschwister. Zwei Novellen. 12. Auflage.	Geh. M. 3.50.	Geb. M. 4.50.
—„— Der Katzensteg. Roman. 21. Auflage.	Geh. M. 3.50.	Geb. M. 4.50.
—„— Im Zwielicht. 15. Auflage.	Geh. M. 2.—	Geb. M. 3.—
—„— Jolanthes Hochzeit. Erzählung. 16. Aufl.	Geh. M. 2.—	Geb. M. 3.—
—„— Sodoms Ende. Drama. 16. Auflage.	Geh. M. 2.—	Geb. M. 3.—
—„— Die Ehre. Schauspiel. 15. Auflage.	Geh. M. 2.—	Geb. M. 3.—
—„— Heimat. Schauspiel. 16. Auflage.	Geh. M. 2.—	Geb. M. 4.—
—„— Es war. Roman. 15. Auflage.	Geh. M. 5.—	Geb. M. 6.—
Wereschagin, W., Der Kriegskorrespondent.	Geh. M. 2.—	Geb. M. 3.—
Widmann, J. V., Touristennovellen.	Geh. M. 4.—	Geb. M. 5.—
—„— Jenseits von Gut und Böse. Schauspiel.	Geh. M. 2.—	Geb. M. 3.—
Wilbrandt, A., Der Dornenweg. Roman. 3. Aufl.	Geh. M. 3.50.	Geb. M. 4.50.
—„— Novellen aus der Heimat. 2. Auflage.	Geh. M. 3.50.	Geb. M. 4.50.
—„— Hermann Jünger. Roman. 3. Auflage.	Geh. M. 4.—	Geb. M. 5.—
—„— Meister Amor. Roman. 2. Auflage.	Geh. M. 3.50.	Geb. M. 4.50.
—„— Die Osterinsel. Roman.	Geh. M. 4.—	Geb. M. 5.—
Wildenbruch, E. v., Schwester-Seele. 8. Aufl.	Geh. M. 4.—	Geb. M. 5.—

→← Zu beziehen durch die meisten Buchhandlungen. →←

Die Kameraden.

Lustspiel in drei Aufzügen

von

Ludwig Fulda.

Stuttgart 1895.

Verlag der J. G. Cotta'schen Buchhandlung
Nachfolger.

Copyright 1894 by J. G. Cotta'sche Buchhandlung Nachfolger
in Stuttgart.

Druck der Union Deutsche Verlagsgesellschaft in Stuttgart.

Vorwort.

Dieses Stück ist von einigen Beurteilern mißverstanden
worden, und zwar von solchen, auf deren Urteil ich Wert lege.
Ob ich selbst das Mißverständnis verschuldete, dadurch, daß ich
meine Ideen nicht klar genug zu gestalten vermochte, das ist
eine Frage des Talents und infolgedessen außerhalb meiner
Entscheidung. Ich nehme hier das Wort, nicht weil man mein
Können geringgeschätzt hätte, sondern weil man meine Gesinnungen
verdächtigt hat. Meine Absichten will ich verteidigen, nicht
deren künstlerische Ausführung.

Einer großen geistigen und sittlichen Bewegung dienen die
besten Kräfte unsrer Generation. Auch ich kenne kein erstrebens-
werteres Ziel, als ihr Wachstum zu fördern. Man hat ihr
sehr verschiedenartige Namen gegeben; ich glaube jedoch, daß
man ihre vielseitigen und scheinbar widersprechenden Lebens-
äußerungen am sichersten zusammenfaßt, wenn man sie nach ihrem
Ursprung benennt als das Erwachen des sozialen Gewissens.
Diese Bewegung hat das gute Recht sich als die „moderne" zu
bezeichnen; denn sie ist in unsrer Zeit entstanden, gehört ihr
ausschließlich an und wird für alle Zukunft ihr rühmlichstes
Merkmal bleiben. So sehr aber ist der Sinn für aristophanische
Stimmungen geschwunden, so völlig sind alle Fragen des Lebens
und der Kunst Parteifragen geworden, daß man sich nicht mehr
über die bedrohlichsten Auswüchse, die jämmerlichsten Verzerrungen
einer guten Sache lustig machen darf, ohne des Verrats an dieser
Sache selbst geziehen zu werden.

Und doch sterben heilsame Ideen häufiger an ihren Para-
siten, als an ihren Gegnern. —

Was nicht alles nennt sich heute modern! Die hysterische
Verschrobenheit und die lüsterne Phrase, die katzenjämmerliche
Blasiertheit und der abenteuernde Müßiggang, die Unersättlich-
keit und die Uebersättigung — kurz alles, was Grund hat, unter
falscher Flagge zu segeln; und je würdiger, je heiliger diese
Flagge ist, desto besser. Insbesondere tritt selbstherrlich dem
sozialen Gewissen die individuelle Gewissenlosigkeit gegenüber.
Gestützt auf mehr oder minder tiefsinnige Theoreme prahlt sie
nicht nur mit ihrer frischfröhlichen Selbstsucht, sondern auch
mit ihrer blitzblanken Modernität. Als wäre nicht gerade die
vorgebliche Pflicht der kraftvollen Persönlichkeit, ihre Individualität rücksichtslos durchzusetzen, die allerälteste, welche von
Menschen geübt wurde! Schon Kain erfüllte sie, als er seinen
Bruder erschlug; schon Helena, als sie ihren Ehegatten hinter-
ging. Modern an dieser zum rohesten Urzustande zurückkehrenden
Moral ist nur die schöngeistige oder wissenschaftliche Maske, hinter
der sie sich zu verstecken gelernt hat.

Solcher angemaßten Modernität wollte ich mit den Waffen
der Satire entgegentreten, und zwar dort, wo sie das größte
Unheil anstiftet: auf dem Gebiete der Frauenfrage.

Die moderne Frau ringt in schwerem, ernstem Kampfe um
ihre größere geistige und wirtschaftliche Selbständigkeit; sie ringt
um das vom sozialen Gewissen bestätigte Recht, sich zur vollen
Höhe der Bildung erheben zu dürfen: um das Recht, sich und
die Ihrigen durch einen ehrenhaften Beruf zu ernähren und dabei
von keinen andern Schranken mehr gehemmt zu werden als von
denen ihrer natürlichen Befähigung.

Die sogenannte moderne Frau dagegen weiß von diesen
Kämpfen nichts, oder die tändelnde Beschäftigung mit ihnen ist
nur ein Luxus mehr in ihrem eleganten Boudoir. Sie macht
alle Moden des Tages mit, auch die geistigen. Ohne Kraft
zur ehrlichen Arbeit und ohne Respekt vor ihr, zugleich aber auch
gepeinigt von der Leere und Zwecklosigkeit ihres Daseins, be-
pfropft sie ihr Vogelhirn mit unverdaulicher Lektüre, glaubt von
der Höhe halbverstandener Tagesphrasen auf einen wackeren
Mann hinabsehen zu dürfen, der alltäglich, aber nützlich im

praktiſchen Leben ſteht, und fällt dem erſten beſten modiſchen
Tartüff zum Opfer, der ihren ſchönen Augen zu lieb ihr ein-
redet, ſie ſei etwas andres als eine Gans.

Dieſen in der Großſtadt immer häufiger werdenden Typus
habe ich zu faſſen verſucht, und zwar in einem ſo draſtiſchen
Exemplar, wie es die ſatiriſche Abſicht erheiſchte. Ich habe
einer ſolchen Frau ein ſchlichtes Mädchen gegenübergeſtellt, das
frühzeitig einen Beruf ergreifen mußte und mit Freudigkeit aus-
übt, damit ihr luftſchlöſſerbauender Vater ſich in ſeinen be-
glückenden Illuſionen weiter wiegen könne, ohne von der rauhen
Fauſt der Not geweckt zu werden. Ich habe die weibliche Arbeit
auf Koſten des überſpannten Müßiggangs verherrlicht, die ehr-
liche Emanzipation vor der Vermengung mit der verlogenen be-
ſchützen wollen — und ich muß hören, daß ich an der modernen
Frauenfrage mich mit reaktionärem Unverſtand verſündigt habe! —

Aber ein noch viel ſchwereres Verbrechen habe ich begangen.
Ich habe dem modiſchen Salon-Peſſimismus, dem Peſſimismus
der Blaſierten und Dekadenten die Gemütsheiterkeit anſpruchs-
loſer und geſunder Menſchen entgegengeſetzt. Ich habe zu zeigen
verſucht, daß die Hoffnungsfreudigkeit unverbrauchter Seelen zu
ſtärkeren Glücksempfindungen begabt, als die müde Gier ver-
wöhnter Genüßlinge. Ein ſchändliches Verbrechen am Geiſte
der Zeit! Menſchen hinſtellen, die mit wenigem zufrieden ſind,
denen die Hoffnung mehr iſt als andern der Beſitz — was für
eine ſchauderhafte Oberflächlichkeit, was für eine unerhört rück-
ſchrittliche Geſinnung! Und doch ſollten gerade diejenigen, die
den Fortſchritt wollen, weil der gegenwärtige Zuſtand ſie nicht
befriedigt — und wie wenige befriedigt er! — die Kraft zur
Freude nicht verläſtern. Wer für die Zukunft kämpft, weil er
feſt an ſie glaubt, ſei es die eigne oder die der Geſamtheit,
der kann nicht troſtlos geſtimmt ſein. Wann endlich wird man
aufhören, die noch ſo negative, noch ſo ſchonungsloſe Kritik der
Gegenwart mit dem philoſophiſchen Peſſimismus zu verwechſeln,
der ruhig die Hand in den Schoß legt, weil er jeden Fortſchritt
für verlorne Mühe hält? Gebt den mit der Gegenwart Un-
zufriedenen die Kraft zur Freude wieder, und ihr werdet ſie
deshalb für den Kampf um die Zukunft wahrlich nicht ungeſchickter
machen!

Daß ich den philosophischen Pessimismus in meinem Stück weder angegriffen, noch überhaupt berührt habe, sollte sich eigentlich von selbst verstehen. Mit einer systematischen Weltanschauung sich auseinanderzusetzen, dazu ist nirgends weniger der Platz als im Lustspiel. Aber zur Belehrung jener Kaffeehaus- und Wochenblatt-Pessimisten, welche das Lob der Gemütsheiterkeit als krasses Philistertum bezeichnen, sei es mir gestattet, hier eine Stelle aus ihrem Herrn und Meister zu zitieren, den ich nach ihrer Behauptung mißverstanden und verketzert haben soll. Diese Stelle in Arthur Schopenhauers „Aphorismen zur Lebensweisheit" (Parerga, 1 S. 312), die mir, nebenbei bemerkt, den ersten Keim zu meinem Stücke gegeben hat, lautet:

„Was . . . uns am unmittelbarsten beglückt, ist die Heiterkeit des Sinnes: denn diese gute Eigenschaft belohnt sich augenblicklich selbst. Wer eben fröhlich ist, hat allemal Ursach es zu sein: nämlich eben diese, daß er es ist. Nichts kann so sehr, wie diese Eigenschaft, jedes andre Gut vollkommen ersetzen, während sie selbst durch nichts zu ersetzen ist. Einer sei jung, schön, reich und geehrt; so frägt sich, wenn man sein Glück beurteilen will, ob er dabei heiter sei: ist er hingegen heiter, so ist es einerlei, ob er jung oder alt, gerade oder bucklig, arm oder reich sei; er ist glücklich. — — — Dieserwegen also sollen wir der Heiterkeit, wann immer sie sich einstellt, Thür und Thor öffnen: denn sie kommt nie zur unrechten Zeit; statt daß wir oft Bedenken tragen, ihr Eingang zu gestatten, indem wir erst wissen wollen, ob wir denn auch wohl in jeder Hinsicht Ursach haben zufrieden zu sein; oder auch, weil wir fürchten, in unsern ernsthaften Ueberlegungen und wichtigen Sorgen dadurch gestört zu werden: allein was wir durch diese bessern ist sehr ungewiß; hingegen ist Heiterkeit unmittelbarer Gewinn. Sie allein ist gleichsam die bare Münze des Glückes und nicht, wie alles andre, bloß der Bankzettel, weil nur sie unmittelbar in der Gegenwart beglückt, weshalb sie das höchste Gut ist für Wesen, deren Wirklichkeit die Form einer unteilbaren Gegenwart zwischen zwei unendlichen Zeiten hat. Demnach sollten wir die Erwerbung und Beförderung dieses Gutes jedem andern Trachten vorsetzen."

So schrieb Arthur Schopenhauer. Freilich — — einen solchen

Hymnus auf die von allen äußeren Glücksgütern unabhängige Heiterkeit des Gemütes darf sich zwar der radikalste aller Pessimisten erlauben, nicht aber ein moderner Lustspieldichter. —

„Der Dichter steht auf einer höhern Warte als auf den Zinnen der Partei." Dies schöne und heute mehr als je beherzigenswerte Wort sollte billig auch für den Beurteiler des Dichters Geltung gewinnen. Nicht von irgend einem Parteistandpunkt aus habe ich mein Stück geschrieben; ich habe nur Partei ergreifen wollen gegen das Kranke zu Gunsten des Gesunden — das altehrwürdige Recht und die höchste Aufgabe des Satirikers, der zu Aristophanes und Molière als zu seinen ewigen Leitsternen emporblickt.

„Vom Erhabenen zum Lächerlichen ist nur ein Schritt." Es ist der Schritt, welcher zum echten Lustspiel führt. Aber man wird nicht gerade ermutigt, diesen Schritt immer aufs neue redlich zu versuchen, wenn man von den Pfaffen — jedes Erhabene hat seine Pfaffen — den zeternden Vorwurf vernehmen muß, man wolle sich an ihrem Allerheiligsten vergreifen, das man vielleicht freier, aber gewiß nicht minder herzlich liebt als sie. —

München, Dezember 1894.

Ludwig Fulda.

Personen.

Karsten, Architekt.

Gertrud, seine Tochter.

Dr. Egon Wulfi.

Otto Hildebrand, Kaufmann.

Thekla, seine Frau.

Babette Seiler.

Frau Moebius, Wirtschafterin bei Karsten.

Anna
Therese } Schulkinder.

Ein Portier.

Zwei Droschkenkutscher.

Ort der Handlung: Berlin.

Erster Aufzug.

(Zimmer bei Karsten.)

(Es ist der gemeinsame Wohn= und Speiseraum einer kleinen Pension, behaglich, aber ohne jeden Luxus ausgestattet. In der Mittelwand zwei Thüren, von denen die linke auf den Flur führt [allgemeiner Auftritt], die rechte zu den Familien=Wohnräumen; ferner zwei Thüren in der linken Seitenwand, die eine ganz vorn, die andre weiter zurück. Rechts zwei Fenster, mit Blumen geschmückt. In der Mitte der Bühne ein großer viereckiger Tisch mit Stühlen; dahinter an der Mittelwand ein einfaches Büffet. Rechts vom Büffet an der Wand Abreißkalender mit Datum: 23. März; links Zeitungsmappe. Vorn rechts ein Schreibtisch; davor ein Diwan. Vorn links Sofa mit kleinem runden Tisch und Fauteuils. In der Ecke links Kachelofen; in der Ecke rechts Blattpflanzen. Einfacher Kronleuchter. An den Wänden Familienbilder, einige Ab= bildungen berühmter Bauwerke, Stahlstiche u. s. w.)

Erster Auftritt.

(Der Mitteltisch ist zum Frühstück gedeckt; Karstens Tasse mit einem kleinen Lorbeerkranz umrahmt.) **Frau Moebius** (begießt die Blumen). **Babette** (kommt aus ihrem Zimmer, hintere Seitenthür links. Später Gertrud.

Babette

(ältliches Fräulein, etwa vierzig Jahre; etwas jugendlicher, als es ihrem Alter zukommt, gekleidet, aber ohne jede Uebertreibung. Sie ist sehr lebhaft und beweglich).

Guten Morgen, Frau Moebius. — Die Zeitung schon da?

Frau Moebius (stattliche, resolute Frau Ende der Fünfzig).

Guten Morgen, Fräulein Seiler. (Weist auf das Tischchen links.) Dort liegt sie.

Babette
(eilt darauf zu, setzt sich, entfaltet das Blatt und liest erregt. Nach einer kleinen Pause).

Nein, das wäre empörend . . . das wäre schändlich! Wenn er sie einfach verlassen würde — in einem solchen Augenblick . . .!

Frau Moebius.

Wer denn? Wen denn?

Babette.

Graf Waldenfels dieses arme, vertrauenselige Geschöpf! . . . Lesen Sie denn nicht auch den Roman hier?

Frau Moebius.

Nee, mit so was bemeng' ich mich nicht. Ich bin mehr fürs Reelle, fürs Wissenschaftliche.

Babette.

Aber ich versichere Ihnen, das ist so interessant, so spannend, so aus dem wirklichen Leben gegriffen. . . . Man lebt ordentlich mit. . . . Und dabei so aufregend . . .

Frau Moebius.

Ach, am Ende kriegen sie sich ja doch.

Babette.

Das ist leider noch sehr die Frage. Dieser Graf . . . Aber so sind die Männer; so sind sie.

Frau Moebius.

Das sagen Sie nun nicht, Fräulein Seiler. Alles mit Unterschiedlichkeit. Ihren Grafen da kenn' ich nicht. Aber wenn ich an meinen seligen Moebius denke, oder an unsern Herrn Karsten ...

Babette.

Ja, Herr Karsten, der ist eine Ausnahme. Eine goldene Seele ... ein großes Kind. (Nach einer kleinen Pause, während der sie liest.) Wie alt mag er wohl sein, so beiläufig — der Herr Karsten?

Frau Moebius.

Micheli wird er neunundfünfzig.

Babette.

Das ist kein Alter. Für einen Mann ist das kein Alter. (Wieder nach einem Blick in die Zeitung.) Warum hat er sich eigentlich nie wieder verheiratet, der Herr Karsten?

Frau Moebius.

Das ist doch sehr klar. Erstensmal wußt' er, daß er so 'ne Frau nicht wiederkriegt, wie seine Selige war. Zweitensmal hat er seine Tochter — und so eine gibt's auch nicht wieder.

Babette.

Ja gewiß. Fräulein Gertrud ist ein Unikum.

Frau Moebius.

Drittensmal hat er mich.

Babette.

Last not least.

Frau Moebius.

Wie meinen Sie?

Babette.

Und dann — für die kurze Zeit hat er sich auch an mich schon recht angeschlossen.

Frau Moebius (etwas verschnupft).

Herr Karsten ist immer sehr freundlich — besonders gegen die Damen, die hier in Pension sind. Und jetzt, wo Sie ganz allein bei uns wohnen — leider . . .

Babette.

Sagen Sie nicht leider. Für mich hat das etwas so Wohlthuendes. Ich fühle mich wie zur Familie gehörig — eigentlich zum erstenmal in meinem Leben. Ich bin in diesem Hause ruhiger, klarer, gleichmäßiger geworden. Es sind so sonnige Menschen . . . (Sie steht auf.) Wird bald gefrühstückt?

Frau Moebius.

Gleich. Herr Karsten ist schon aufgestanden, und das Fräulein muß jeden Augenblick aus der Schule kommen. Es ist ja neun vorbei.

Babette.

Ein unheimlich fleißiges Wesen. Schon zwei Stunden Unterricht, während wir . . . (Ihr Blick fällt auf den Frühstücks= tisch.) Aber was ist denn das? Ein Lorbeerkranz? Und ein

Kuchen? (Liest die Aufschrift.) „Herzlichen Glückwunsch zum Jubiläum" ...? Herr Karsten feiert ein Jubiläum?

Frau Moebius.

Jawohl. Thut er.

Babette.

Wie romantisch! — Und so was wird mir verschwiegen? Das find' ich aber gar nicht hübsch. — Was ist denn das für ein Jubiläum?

Frau Moebius (mit unverhohlener Genugthuung).

Ja, nicht wahr, das hat er Ihnen noch nicht gesagt — das von seiner großen Entdeckung?

Babette.

Nein ..

Frau Moebius.

Sagt er auch nicht so eins zwei drei!

Babette.

Aber ich nehme Anteil; ich fühle mit; das kann man mir doch nicht verwehren. Was in der Geschwindigkeit noch zu haben ist ... (Sie geht ab in ihr Zimmer.)

Gertrud
(den Hut auf dem Kopf, einen Stoß blauer Hefte unter dem Arm, kommt atemlos vom Hintergrund links).

Da bin ich. — Hu, wie bin ich gerannt! — War der Vater schon im Zimmer? (Sie legt Hut und Mantel schnell auf einen Stuhl.)

Frau Moebius.

Nein, noch nicht.

Gertrud.

Gott sei Dank! Ich hatte solche Angst . . . (zu Babette)
'morgen, Fräulein.

Babette (ist in Hut und Mantel zurückgekommen).
Guten Morgen.

Gertrud.

Wohin denn so eilig?

Babette.

O, Sie sollen mit mir zufrieden sein. (Ab links hinten.)

Zweiter Auftritt.

Frau Moebius. Gertrud.

Gertrud

(hat die Hefte auf den Schreibtisch gelegt und fängt an zu hantieren).
Nun sag' mal, Liese, was hat sie denn?

Frau Moebius.

Ach — beteiligen will sie sich partout an unserm
Jubiläum.

Gertrud.

So laß sie doch. Ist ja sehr nett von ihr.

Frau Moebius.

Und dabei hat sie keinen Schimmer.

Gertrud.

Das traf sich doch großartig, daß ich gerade heute schon um neun Uhr frei bin. (Nimmt Blumenstöcke vom Fenster.) Noch ein paar Blumen auf den Tisch. Der sieht mir sonst zu kahl aus.

Frau Moebius.

Nur Geduld. Unsereins lebt auch noch. (Sie geht rasch ab durch die Thür Hintergrund links, läßt sie offen und bleibt einen Augenblick unsichtbar.)

Gertrud (ihr nachrufend).

Was denn? Aber Liese — du wirst doch nicht ...

Frau Moebius
(kommt zurück mit einer blumengefüllten Vase und stellt sie auf den Tisch).
Sieht doch gleich nach etwas aus — hm?

Gertrud.

Gelbe Rosen! Um diese Jahreszeit! So dein Geld hin=auszuwerfen! Unter Kuratel sollte man dich stellen.

Frau Moebius.

Sind ja seine Lieblingsblumen. Und alle fünfundzwanzig Jahr' kann ich mir das erlauben.

Gertrud (fällt ihr um den Hals).

Liese, du bist doch ein zu dummer alter Kerl. Wenn wir dich nicht hätten ...

Frau Moebius.

Mich nicht hätten! Hat sich was.. Ich krieg' ja überhaupt nie was zu thun. Du machst ja alles allein. Erst
plagst du dich in der Schule ...

Gertrud.

Still; red' kein so lästerliches Zeug. Arbeit ist keine
Plage — und erst noch solche ...! Wenn wir nur alle beide
mehr zu thun hätten, was?

Frau Moebius.

Ach ja. Früher vier Damen in Pension, und jetzt
nur eine!

Gertrud.

Offen gestanden, Liese: vorläufig hab' ich keine Ahnung,
wie ich zum Ersten die Miete zusammen bekomme.

Frau Moebius.

Ach herrje, herrje!

Gertrud.

Nur den Vater nichts merken lassen. Und bis jetzt
haben wir uns doch immer noch durchgeschwindelt. (Rechnend.)
Zweihundert — und dazu vierzig — und die sechzehn für die
Privatstunde ... (Bricht ab.) War die Dame noch nicht wieder
hier, die das zweibettige für sich allein nehmen wollte?

Frau Moebius.

Nicht die Spur. Aber der alte Koepke war wieder da
und hat mir was vorgejammert.

Gertrud.

Du haft ihm doch was gegeben?

Frau Moebius.

Nu, seine drei Mark — wie alle Monat.

Gertrud (nachdenklich).

Diese Dame . . . ich glaubte so sicher . . . (In anderm Ton.)
Macht nichts, Liese. Heut ist Feiertag; heut wollen wir
leichtsinnig sein. Und ich sage dir — eine Luft ist draußen!
Ich konnte die Fenster offen lassen — und eine Unruhe in den
Kindern — nicht zum Stillsitzen zu bringen. Der Flieder
im Schulhof hat schon grüne Spitzen, und sogar die erste
Schwalbe ist da. Die macht freilich noch keinen Sommer;
aber — kommt alles, kommt alles! Trallalala. — (Sie geht
zur Thür rechts, öffnet sie ein wenig und ruft.) Vater, Väterchen,
Herr Karsten — sind Euer Gnaden bald so weit?

Karsten (hinter der Scene).

Bin gleich fertig.

Gertrud.

Liese, nun Posto gefaßt! Wir sind jetzt sozusagen die
Deputation der Menschheit, die nur zufällig keine Ahnung
davon hat. Aber wir wollen sie trotzdem würdig vertreten.
(Beide stellen sich rechts und links von der Thür in Positur.)

Dritter Auftritt.

Vorige. Karsten.

Karsten

(rotwangig, fast ganz ergraut, etwas vornübergebeugt, sonst aber frisch und elastisch, getragen von naivem Selbstgefühl, kommt von rechts hinten).

Gutenmorgen. Ich bin wohl ein rechter Langschläfer. Aber gestern — der Kegelklub . . . Was macht ihr denn für merkwürdige Gesichter? (Blickt auf den Tisch.) Und was bedeutet denn das da? Ja, was ist denn heute los?

Gertrud.

Denk' nur einmal an das Datum.

Karsten.

Potztausend! Der dreiundzwanzigste März! Wahrhaftig, heute . . .

Gertrud.

Heute vor fünfundzwanzig Jahren hast du deine große Entdeckung gemacht, lieber Vater.

Karsten.

Sieh mal an! Ist das schon fünfundzwanzig Jahre her? — Aber natürlich — du hast ganz recht; es war ja bald nach deiner Geburt . . . Brav von dir, daß du dran gedacht hast.

Frau Moebius.

Und ich auch, Herr Karsten.

Karsten.

Sie auch, Liese. Das versteht sich. Ihr seid die Einzigen
— wie? — (Kleine Pause.) Aber das thut nichts. Fünfundzwanzig Jahre später wird die Welt davon wissen. (Geht an
den Mitteltisch.)

Gertrud.

Wir wissen schon heut: du hast damals etwas gefunden,
wovon du glaubst, daß es das Rechte ist, und es hat dir
dein ganzes Leben lang Kraft und Stolz gegeben ...

Karsten.

Wahrhaftig — das kannst du wohl sagen. (Er geht zum
Tisch.) Lorbeer! Ja, billiger thu' ich's nicht. Und der zuckrige
Glückwunsch. Und die gelben Rosen ...

Frau Moebius.

Von mir.

Karsten (reicht ihr die Hand).

Ich dank' Ihnen — und dir, Trude (küßt sie). Ich dank'
euch von Herzen. Es thut mir wohl. — Aber ihr müßt
nicht glauben, daß ich eine Ermutigung brauchte. Das müßt
ihr ja nicht glauben.

Gertrud.

Nein, das glauben wir auch gar nicht. Aber 'ne kleine
Freude.;

Karsten.

Ja, 'ne Freude, das laß' ich gelten. Sogar 'ne recht
große. Und das wird man euch später mal hoch anrechnen.
Ihr seid die ersten gewesen. Die andern trotten hinterher.

Frau Moebius.

Grad wie bei Columbus.

Karsten.

Haben Sie schon wieder studiert, Liese?

Frau Moebius.

Ach, so 'ne Sachen, die weiß ich doch längst. Mit der Geographie und Kultur bin ich durch. Jetzt hab' ich mich mehr aufs menschliche Leben geworfen.

Karsten.

Haarsträubend, was Sie alles zusammenlesen. (Er setzt sich an den Tisch, rechte Schmalseite.)

Frau Moebius.

Es ist das Einzige, was einen weiterbringt, Herr Karsten. Haben Sie mal genau darüber nachgedacht, was das menschliche Leben wert ist?

Karsten.

Ach, lassen Sie mich doch mit so was zufrieden!

Frau Moebius.

Das les' ich jetzt.

Gertrud.

Nun, was ist es denn wert?

Frau Moebius.

So weit bin ich noch nicht. — Jetzt werd' ich den Thee kochen. (Ab links hinten.)

Vierter Auftritt.

Gertrud. Karsten.

Karsten (hat sich an den Tisch gesetzt, rechte Schmalseite).

Die wird uns noch überschnappen mit ihrem vielen Studieren.

Gertrud (sich gleichfalls setzend, ihm gegenüber).

Es ist doch eigentlich rührend von ihr. Und sie hat keine Ahnung, wieviel dazu gehört, um das alles wirklich zu verstehn.

Karsten.

Ach Larifari! Selber was schaffen — das ist das Einzige.

Gertrud.

Ja, wenn das nur jeder könnte. Aber etwas wissen, so recht von Grund aus — das muß auch schön sein. (Sie riecht an den Rosen.) Köstlich, wie die duften. — Fast jeden Tag stellen die Kinder irgend eine Frage an mich, die ich nicht beantworten kann.

Karsten.

Hast du auch nicht nötig.

Gertrud.

Nicht für sie. Aber für mich möcht' ich's können. Wenn ich Zeit hätte ...

Karsten.

Das laß nur meine Sorge sein. Sobald ich mal durchgedrungen bin, dann thust du mir keinen Schritt mehr in die Schule.

Gertrud.

Dann erst recht, Vater. Wer nichts schaffen kann, der muß wenigstens etwas zu thun haben. Und es ist ja auch alles Unsinn. Mir geht es so gut — so unverschämt gut ...

Karsten (sich die Hände reibend).

Die Hauptsache: unser behagliches Auskommen, das hätten wir.

Gertrud.

Ja freilich!

Karsten.

Seit du auf den sublimen Einfall kamst mit der Pension, fehlt uns nichts. Ich brauche nicht für Geld zu arbeiten ...

Gertrud.

Hättest du auch nicht gekonnt.

Karsten.

Nein, pfui Teufel. Und ich will's dir nur verraten: ich hab' einen ganz neuen Entwurf im Kopf — bei dem werden auch den Blödesten die Augen aufgehn.

Gertrud.

Das ist ja prächtig.

Karsten.

Ja, das ist was; darauf kannst du dich verlassen. — Und da hätt' ich doch eigentlich allen Grund, heute so recht in festlicher Stimmung zu sein.

Gertrud.

Und ich mit dir! (Sie steht auf und tritt zu ihm.)

Karsten.

Denn siehst du — wie erst Hans starb, der gute Bursch, und dann die Mutter — und dann noch Aennchen — was hat mich da aufrecht erhalten? Meine Mission; die ganz allein. Und daß ich wußte: das Leben hat mir noch etwas vorbehalten — einen Sieg, einen großen Triumph. Darauf freust du dich doch auch, Trude; nicht wahr?

Gertrud.

Das kannst du dir doch denken. (Sie kehrt auf ihren Platz zurück.)

Fünfter Auftritt.

Vorige. Babette. Frau Moebius.

Frau Moebius (bringt auf einem großen Brette das Frühstück).

Babette (eilt direkt hinter ihr ins Zimmer, mit einem Bouquet).

Herr Karsten, gestatten Sie mir, daß ich Ihnen diese geringen Blüten ...

Karsten.

Was, Sie wissen auch davon?

Babette.

Frau Moebius hat mir verraten ...

Frau Moebius

(die inzwischen, von Gertrud unterstützt, aufgetischt hat).

Bloß angetippt! (Sie geht mit einem etwas respektlosen Blick auf Babette ab.)

Babette.

Da ich mich in Ihrem Hause so wohl fühle, Herr Karsten, ergriff ich mit Freuden die Gelegenheit ... (Zieht eine Photographie hervor.) Und hier ist auch mein Bild. Man sagt, es sei nicht gerade geschmeichelt; aber ich habe kein besseres.

Karsten.

Fräulein Seiler, solche Geschichten ...!

Gertrud (reicht ihr die Hand).

Das ist lieb. Ich dank' Ihnen. (Sie gießt während des Folgenden ein, streicht für Karsten eine Semmel u. s. w.)

Karsten.

Aber wissen Sie denn auch, was los ist?

Babette (setzt sich an den Tisch in die Mitte).

Sie feiern ein Jubiläum.

Karsten.

Und da meinen Sie, das ist so ein ganz gewöhnliches, alltägliches Dutzend-Jubiläum?

Babette (frühstückend).

Ich bin leider nicht eingeweiht ...

Karsten.

Soll ich ihr's sagen, Trude?

Gertrud.

Gewiß. Da Fräulein Seiler so aufrichtigen Anteil nimmt ...

Babette (drückt ihr dankbar die Hand).

Nicht wahr, liebes Fräulein, nicht wahr, ja?

Karsten.

Ich bin kein Maulheld. Ich hab' das noch keiner von den Damen gesagt, die bei uns wohnten. Aber heut, in der Feststimmung ... Sie dürfen sich was drauf einbilden.

Babette.

Ich bin fieberhaft gespannt.

Karsten.

Nun, Fräulein Seiler, was denken Sie sich eigentlich, wer ich bin?

Babette.

O — Sie sind der beste Mensch von der Welt, Herr Karsten.

Karsten.

Der beste Mensch — das kann jeder Trottel sein. Ich meine, was halten Sie so für meine Profession?

Babette.

Sie sind Architekt.

Gertrud.

Trink, Vater! Der Thee wird sonst kalt.

Karsten (ohne darauf einzugehen).

Jawohl. — Architekt — schön — gut. Aber haben Sie vielleicht schon mal 'nen Bau von mir gesehn?

Babette.

Nein . . .

Karsten.

Natürlich nein! (Triumphierend.) Es existiert auch keiner.

Gertrud

(ist aufgestanden, hält ihm die Tasse vor den Mund).

Vater, trink doch mal. (Während des Folgenden setzt sie sich wieder.)

Karsten (thut mechanisch einen Schluck).

Sie denken wohl, das kommt daher, weil ich ein Nichts-könner, ein Faulpelz bin.

Babette (protestierend).

Oh! —

Karsten (mit Nachdruck).

Aber das kommt daher, weil in meinem Kopfe das Bauwerk der Zukunft lebt.

Babette.

Ach nein, was Sie nicht sagen . . .!

Karsten.

Mit Wohnungskasernen befassen wir uns nicht. Mit zusammengestohlenem Zeug aus allen Jahrhunderten — Gotik und Renaissance und Roccoco — geben wir uns nicht ab. Da müssen Sie sich an eine andere Adresse wenden. (Mit der flachen Hand auf den Tisch wippend.) Nein, Fräulein Seiler, es ist die höchste Zeit, daß die verfluchte Nachtreterei und Nach=

beterei aufhört, daß das Jahrhundert seinen eigenen neuen Stil bekommt — höchste Zeit! Und heute vor fünfundzwanzig Jahren hab' ich ihn entdeckt.

Babette.

O, das war groß, das war edel von Ihnen.

Karsten.

Da ist mir plötzlich die Erleuchtung gekommen; da stand er leibhaftig vor mir — wie eine Hallucination, wie eine Offenbarung.

Babette.

Aber — verzeihen Sie, wenn ich indiskret bin; doch Ihr Vertrauen und meine Teilnahme ... Haben Sie nie= mals versucht in diesem Stil zu bauen?

Karsten.

Versucht? (Aus vollem Halse lachend.) Hahaha, das ist groß= artig! Das ist der richtige Laienstandpunkt. Geben Sie mir so zehn bis zwölf Milliönchen, und dann versuch' ich's auf der Stelle. Dann bau' ich Ihnen einen Reichstag, eine Ruhmeshalle, einen Tempel der Gerechtigkeit — was Sie überhaupt wollen. Alles ist in meinem Kopfe fertig — eine ganze Stadt. —

Babette.

Sollte denn nicht irgend ein großherziger Mäcen — oder ein Preisrichterkollegium ...

Karsten (immer mehr belustigt).

O Sie holde Unschuld! Da müßten die doch erst dran glauben.

Babette.

Nicht einmal das?

Karsten (in strahlender Heiterkeit).

Denken nicht dran — die Esel.

Babette.

Aber da fehlt es Ihnen ja an jeder Anerkennung . . .

Karsten (steht auf).

Hoho, Fräulein Seiler! Mein Bewußtsein, das ist die Anerkennung; meine felsenfeste Ueberzeugung. Etwas Neues hat immer Zeit gebraucht, bis man's kapiert hat. Ich weiß, was ich weiß. Kommt's heute nicht, kommt's morgen. Und die Hoffnung, Fräulein Seiler — die Hoffnung — das ist das Allerbeste vom Leben.

Babette (steht auf).

Ja, das sag' ich auch! — (Zu Gertrud.) Wie sind Sie beneidenswert, einen solchen Vater zu haben!

Gertrud.

Das will ich meinen. (Sich an ihn schmiegend.) Geb' ihn auch nicht her.

Babette.

Vollen Einblick zu haben in die Werkstatt eines Künstlers!

Karsten.

Ja, die Trude, die glaubt an mich.

Babette.

Ich auch. Rechnen Sie auch mich dazu!

Karsten.

Na, das ist immerhin ein Anfang.

Gertrud (hat ihm den Lorbeerkranz aufgesetzt).

Das steht ihm ganz gut — wie?

Babette.

Stimmungsvoll!

Karsten
(den Lorbeerkranz auf dem Kopf, in heiterster Laune, singt).

„So leben wir, so leben wir, so leben wir alle Tage …"

Frau Moebius (tritt ein).

Die Dame ist wieder draußen — die von vorgestern.

Gertrud (sichtlich erfreut und erleichtert).

Ah, sehr schön — Laß sie doch nur schnell eintreten,
Liese! — (Frau Moebius ab.) Die kommt, um zu mieten.

Karsten.

Das ist deine Sache. Ich geh' an die Arbeit. (Mit dem
Lorbeerkranz auf dem Kopf, trällernd ab rechts hinten.)

Babette.

Ist sie nett? (Sie erhält keine Antwort, da Thekla in diesem
Moment eintritt. Sie zieht sich an die Thür ihres Zimmers zurück,
betrachtet von dort aus Thekla neugierig und verschwindet erst nach deren
ersten Worten.)

Sechster Auftritt.

Gertrud. Thekla Hildebrand.

Gertrud
(ist Thekla zur Thür entgegengegangen).

Entschuldigen Sie, gnädige Frau, daß es hier noch so unaufgeräumt aussieht. Hätte ich ahnen können, daß Sie so frühzeitig . . .

Thekla
(ungefähr dreißig Jahre alt, in sehr eleganter Straßentoilette).

Ich bitte sehr. Es ist an mir, mich zu entschuldigen. Sie haben doch das Zimmer noch nicht vergeben?

Gertrud.

Nein, gnädige Frau.

Thekla.

Nun — Sie sehen, ich bin wiedergekommen. Es ist ja nicht alles ganz so, wie ich wünschte . . .

Gertrud.

Seien Sie überzeugt, gnädige Frau, ich würde mir die größte Mühe geben, Sie zufrieden zu stellen.

Thekla (leichthin).

Der Preis, den Sie nannten, wäre der äußerste?

Gertrud.

Ich kann beim besten Willen nicht nachlassen. Sonst haben immer zwei Damen in dem Zimmer gewohnt. Es ist sehr geräumig, sehr gut möbliert . . .

Thekla.

Ein wenig nüchtern.

Gertrud.

Wenn Sie es erst noch einmal zu besichtigen wünschen …
(hat die Thür vorn links geöffnet).

Thekla.

(wirft nur einen flüchtigen Blick hinein, geht dann nach rechts).

Danke, danke. — Und einen Salon für meine private
Benützung könnten Sie mir nicht einräumen — unter keiner
Bedingung?

Gertrud.

Unmöglich, gnädige Frau. (Sie fordert Thekla mit einer
Handbewegung auf, Platz zu nehmen.) Die Wohnung ist beschränkt
— und Sie würden das auch in größeren Pensionen nicht
anders treffen. Man muß den Platz eben ausnützen …

Thekla (setzt sich auf den Diwan).

Aber wenn ich besucht werde …

Gertrud.

Intimere Freundinnen haben die Damen meist auf ihrem
Zimmer empfangen. Und für anderen Besuch steht Ihnen
dieses Zimmer hier fast den ganzen Tag zur Verfügung.
Wir halten hier unsre Mahlzeiten …

Thekla.

Wann sind die?

Gertrud.

Das erste Frühstück —

Thekla.

Das pflege ich im Bett zu nehmen.

Gertrud.

Ganz nach Belieben. Dann Gabelfrühstück um eins, Mittagessen um sechs. — Wie gesagt — sonst würden Sie hier selten gestört werden. Ich selbst bin einen großen Teil des Tages nicht zu Hause; ich bin Lehrerin ...

Thekla.

Ah! —

Gertrud.

Mein Vater ist meist in seinem Arbeitszimmer, und Fräulein Seiler — gegenwärtig unsre einzige Pensionärin — die würde Ihnen erst recht nicht im Wege sein.

Thekla.

Das läßt sich ja hören. Denn sehen Sie, Fräulein — ich brauche vor allem Ruhe — ganz unendlich viel Ruhe.

Gertrud.

Die haben Sie bestimmt. Die Thüren dort sind ja sogar gepolstert.

Thekla (aufstehend).

Was mich am meisten verlockt: Sie haben kein Klavier.

Gertrud.

Nein, so weit haben wir es noch nicht gebracht.

Thekla.

Bringen Sie es nie so weit! Es ist die Zerstörung der inneren Einheit, der Todfeind des Gedankens. Ich hasse es.

Gertrud (lächelnd).

Eine Seltenheit bei einer Dame.

Thekla.

Sie werden an mir wohl noch mehr Seltenheiten be=
merken. — — Vierzehntägige Kündigung — so sagten Sie
doch, nicht wahr? (Gertrud stimmt zu.) Also — dann bleibt es
dabei.

Gertrud.

Ich freue mich sehr, gnädige Frau . . .

Thekla.

Mein Name ist Hildebrand — Frau Thekla Hildebrand.

Gertrud.

Danke sehr. Sie — kommen von auswärts?

Thekla.

Nein . . . von hier.

Gertrud.

Und wann wünschen Sie einzuziehen?

Thekla.

Auf der Stelle.

Gertrud (ein wenig erstaunt).

Um so besser. Wo darf ich Ihre Sachen holen lassen?

Thekla.

Mein Gepäck ist unten in der Droschke.

Gertrud.

Das ist ja sehr einfach. Ich werde sofort dem Portier Auftrag geben . . . (Geht zur Thür links hinten, ruft hinaus.) Liese! (Frau Moebius erscheint in der Thür und zieht sich, nachdem Gertrud leise mit ihr gesprochen, zurück.)

Thekla
(schaut sich unterdessen um und thut einen tiefen Seufzer).

Gertrud (kommt nach vorn).

Schon besorgt. — Darf ich Ihnen vielleicht jetzt meinen Vater vorstellen, gnädige Frau?

Thekla.

Sehr freundlich. Das eilt ja wohl nicht? Zunächst möchte ich mich installieren — und ich fühle mich in der That sehr ruhebedürftig. Die neue Umgebung . . . und meine eigensinnigen Nerven . . . (Nach links gehend.) Aber wenn Sie mir eine halbe Flasche Sekt kommen lassen wollten . . .

Gertrud.

Den haben wir leider nicht im Hause. Ich kann aber gleich danach schicken . . .

Thekla.

Ja, bitte — wenn möglich, Pomery. Das ist mein Universalmittel. — Und noch eins: Wenn ein Herr nach mir fragen sollte — Herr Doktor Wulff — dann bitte mich gleich zu benachrichtigen. (Ab vorn links. Gertrud begleitet sie und ist ein paar Augenblicke unsichtbar.)

Siebenter Auftritt.

Portier (und ein) Droschkenkutscher erster Klasse (bringen einen Koffer größten Formates angeschleppt). Frau Moebius (folgt ihnen mit zwei Hutschachteln und sonstigem Handgepäck). Babette (tritt bald darauf aus ihrem Zimmer und schaut vom Hintergrund aus zu). Gertrud.

Portier
(in der Thür, durch welche der Koffer nur schwer hindurchgeht, zum Kutscher).

Uff — Aujust — hoch! — So! —

Gertrud (kommt zurück).

Frau Moebius (weist nach der Thür vorn links).

Da hinein! (Sie geht voraus dahin ab und kommt gleich zurück.)

Portier (zu Gertrud).

Der Kutscher mußte schon ooch mit 'ran. Det Undhier konnt' ick nich alleene zwingen.

Gertrud.

Ist wohl sehr schwer?

Portier.

Knollig! (Sie tragen den Koffer hinein.)

Gertrud.

Nun, Liese, was sagst du? Wir sind fein heraus.

Frau Moebius
(den Tisch abräumend, wobei ihr Gertrud hilft).

Hm — ja ... Was mag das wohl für Eine sein?

Gertrud.

Jedenfalls aus guter Familie.

Frau Moebius.

So Eine haben wir noch nicht gehabt. Das ist 'ne
Neumodische.

Gertrud.

Ich hätte sie doch am Ende noch fragen sollen ...
Richtig, Liese — sie möchte gern eine halbe Flasche Sekt
haben — Pomery. Den mußt du gleich nachher holen.

Frau Moebius (fast sprachlos).

Sekt?!

Babette (kommt vor und steckt ihren Kopf dazwischen).
Sekt?!

Gertrud.

Was ist denn da weiter dabei?

(Portier und Kutscher kommen zurück. Ersterer geht gleich ab. Der
Kutscher wartet.)

Gertrud (zum Kutscher).

Sind Sie noch nicht bezahlt?

Kutscher.

Nee. Die Dame hat nur 'nen Hundertmarkschein.

Gertrud.

Was bekommen Sie?

Kutscher.

Zwee Mark fuffzig.

Gertrud.

Wieso?

Kutſcher.

Von die Oranienburjer Straße hierher — un denn noch
det Bieſt zwee Treppen hoch . . .

Gertrud (bezahlt).

Hier. (Kutſcher ab. Frau Moebius, die inzwiſchen, von Gertrud
zeitweilig unterſtützt, ganz abgeräumt hat, folgt ihm mit dem Geſchirr.)

Babette.

Oranienburger Straße? Ich meine, die Dame müßt'
ich ſchon einmal geſehen haben. Wie heißt ſie denn?

Gertrud.

Hildebrand.

Babette (nachdenkend).

Hildebrand — Hildebrand — warten Sie mal . . .

Gertrud.

Ich kann jetzt unmöglich warten, Fräulein. Ich muß
jetzt meine Hefte korrigieren. (Sie nimmt ſie vom Schreibtiſch.)

Babette (halb für ſich).

Oranienburger Straße — und dieſer Koffer — und
gleich Sekt — das iſt romantiſch. (Geht in ihr Zimmer.)

Frau Moebius (tritt wieder auf).

Da iſt ein Herr, der fragt nach Frau Hildebrand.

Gertrud.

Laß ihn nur eintreten.

Frau Moebius (geht und läßt Wulff herein).

Achter Auftritt.

Gertrud. Wulff.

Wulff

(Anfang der Dreißig, mit sorgfältiger Nachlässigkeit modern gekleidet, mit stilisiertem Kopf, dunklem Vollbart, Byronlocke in die Stirn gekämmt, von koketter Müdigkeit in seinen Bewegungen, seinem Lächeln, seiner Sprechweise).

Habe ich den Vorzug, die Frau vom Hause . . .

Gertrud

(von seiner ganzen Erscheinung unsympathisch berührt).

Fräulein, wenn ich bitten darf.

Wulff.

Pardon, mein gnädiges Fräulein. (Sich vorstellend.) Doktor Wulff. — Ich wünschte Frau Hildebrand zu sprechen. Sie ist doch schon hier?

Gertrud.

Seit wenigen Minuten. Sie werden erwartet. (Legt die Hefte auf den Mitteltisch, geht zur Thür vorn links und klopft.) Gnädige Frau . . .

Thekla (von innen).

Ja . . .

Gertrud (öffnet ein wenig die Thür und spricht hinein).

Herr Doktor Wulff ist da.

Thekla (von innen).

Ich komme sofort.

Gertrud (zu Wulff).

Bitte nur einstweilen Platz zu nehmen.

Wulff.

Sehr liebenswürdig, mein gnädiges Fräulein. (Lächelnd.)
Eine leider allzu flüchtige Begegnung . . .

Gertrud (hat ihre Hefte unter den Arm genommen).
Guten Tag. (Ab hinten links.)

Neunter Auftritt.

Wulff. (Gleich darauf) Thekla.

Wulff
(allein, zieht einen kleinen Handspiegel und Taschenkamm hervor und gibt
Haar und Bart die letzte Feile).

Thekla (in einer reichen Matinee aus ihrem Zimmer).

Wulff (geht ihr entgegen und küßt ihr die Hand).

Thekla (nach einer kleinen Pause).

So, mein lieber Freund — so sehen wir uns wieder. —

Wulff (mit einem tiefen Seufzer).

Ja — das Leben! — —

Thekla.

Es ist wacker von Ihnen, daß Sie so schnell meinem Rufe gefolgt sind.

Wulff.

Wenn unsre Freunde rufen . . .

Thekla.

Sie können sich denken, wie mich in meiner Situation nach einer Aussprache dürstet. (Lädt ihn zum Sitzen ein, vorn links.)

Wulff.

O — wem sagen Sie das!

Thekla.

Sie wissen, ich bin ziemlich vereinsamt . . .

Wulff.

Wie alle außergewöhnlichen Naturen.

Thekla.

Ich habe auch keine Verwandte hier . . .

Wulff.

Nur einen Geistesverwandten.

Thekla.

Ja, als solchen habe ich Sie in der That schätzen gelernt — und so waren Sie in diesem Augenblick mein natürlichster Vertrauter.

Wulff (küßt ihr noch einmal die Hand).

Sie werden dieses Vertrauen niemals zu bereuen haben.

Thekla.

Man erzählt sich zwar allerlei Mordgeschichten von Ihnen ...

Wulff.

Elender Klatsch.

Thekla.

Und es gibt Leute, die Sie geradezu wie einen Beelzebub hinstellen ...

Wulff.

Philister. — Weil ich Aphorismen gegen die Ehe geschrieben habe.

Thekla.

Auch wegen Ihrer zahlreichen kleinen Abenteuer.

Wulff.

Tändeleien. Betäubungen eines Augenblicks. Schlafpulver ...

Thekla.

Nun ja, Sie sind eben ein moderner Geist. — Und ich halte Sie trotz allebem für einen Mann von echt ritterlichen Gesinnungen.

Wulff.

Das dürfen Sie.

Thekla.

Zunächst — wann haben Sie meinen Brief erhalten?

Wulff.

Vor einer Stunde. Mein Diener weckte mich damit, und in einer Art von Halbschlaf las ich diese wenigen, inhalt= schweren Zeilen, bis sie sich mir in das erwachende Bewußt= sein hämmerten. Ich stehe noch ganz unter ihrem Eindruck. Noch vor wenigen Tagen — als wir zum so= und sovielten= mal ein Diner miteinander abgegessen, zum so= und sovielten= mal uns verständigten über die entsetzliche Oede des Daseins — da ließen Sie mich durch nichts einen solchen Entschluß ver= muten.

Thekla.

Damals war ich auch noch nicht entschlossen.

Wulff.

Ich wußte ja, wie sehr Sie leiden. Seelen wie die unsrigen leiden immer. Und ich ahnte wohl auch, daß Ihre Ehe . . .

Thekla.

O mein Freund, ich war im Begriff zu ersticken.

Wulff.

Um so anerkennenswerter die Kraft, mit der Sie Ihr Selbst gerettet haben.

Thekla.

Gerettet — ja, das ist das rechte Wort. Und Kraft ge= hörte wohl auch dazu — fast die Kraft eines Uebermenschen. Sie und Ihre Schriften waren mir die einzige moralische Stütze . . . (Wulff verneigt sich.) Schon vorgestern begann ich mich nach einem vorläufigen Asyl umzusehen. Ein Hotel — das war ja nicht gut möglich. Eine Dame allein — in unserm erleuchteten Zeitalter . . .

Wulff.

Barbarei.

Thekla.

In der Heimat hab' ich nur noch ein paar alte Tanten. Die würden sich natürlich breimal bekreuzigen . . .

Wulff.

Ich kenne dieses Geschlecht.

Thekla.

Und sonst in die Provinz zu gehen — in irgend ein Nest, in kleinbürgerliche Verhältnisse, ohne den Konner mit der freien Atmosphäre der Weltstadt — das wäre ja Wahnsinn gewesen.

Wulff.

Geistiger Selbstmord.

Thekla.

Blieb mir nur so eine Damenpension. Diese hier als die kleinste und stillste gefiel mir relativ am besten.

Wulff (sieht sich um).

Sie sind alle über einen Leisten geschlagen. Ueberall ein Geruch von Tugend und Altjüngferlichkeit . . .

Thekla.

Nun ja — das ist auch nur provisorisch — die erste Zufluchtstätte — bis ich gelernt habe, meine Fittiche zu entfalten . . . So fuhr ich also heute morgen gerabeswegs hierher.

Wulff.

Ihr Gatte weiß von Ihrem Schritt?

Thekla.

Er war schon im Bureau. Ich habe ihm einen Brief hinterlassen. Ich wollte eine letzte peinliche Auseinandersetzung vermeiden.

Wulff.

Und Sie glauben, daß er sich ohne weiteres zufrieden geben wird?

Thekla.

Ich hoffe, er wird das Recht meiner Individualität zu respektieren wissen. Uebrigens — ich habe ihm geschrieben, daß ich keineswegs alle Brücken hinter mir abbrechen will. Es sei gar nicht unmöglich, daß ich später einmal wieder zu ihm zurückkehre, wenn ich erst etwas erlebt, mich erzogen habe . . .

Wulff (lächelnd).

Wenn das Wunderbare geschieht.

Thekla.

Ja, ganz recht — das Wunderbare. —

Wulff.

Offen gestanden, ich kenne Ihren Gatten so gut wie gar nicht. Wir waren ja oft genug in Gesellschaft zusammen. Aber wie das so geht — und da ich mich nicht speziell für ihn interessierte . . .

Thekla.

Sehen Sie, das ist es ja eben. Er interessiert nicht. Mich hat er auch nicht interessiert.

Wulff.

Einmal doch: als Sie ihn heirateten.

Thekla.

Ich bitte Sie, wer war ich denn damals? Ein Gänschen aus der Provinz. Damals hatte ich mich selbst noch nicht entdeckt. Wir stehen doch alle unter dem Gesetz der Entwickelung!

Wulff.

Unleugbar.

Thekla.

Meine Eltern protegierten ihn. Er hatte ein angenehmes Aeußere und eine gewisse Wärme, wie sie bei oberflächlichen Naturen so häufig ist . . .

Wulff.

Sehr fein beobachtet.

Thekla.

Gegen meine Tanzstundenconnaissancen stach er immerhin sehr vorteilhaft ab. Er kam aus Berlin, hatte dort ein gutes Geschäft . . .

Wulff.

Was ist sein Geschäft?

Thekla (mit Ueberwindung).

Teppiche en gros.

Wulff.

Hm. —

Thekla.

Sehr begeisternd — wie? — Ja, Berlin hat mich erst zu dem gemacht, was ich bin.

Wulff.

Eine bedeutende Frau.

Thekla.

Nennen Sie es, wie Sie wollen. Jedenfalls gingen mir hier die Augen auf. Sie haben ja auch viel dazu bei= getragen.

Wulff.

Aeußerst schmeichelhaft.

Thekla.

Ich las; ich beobachtete; ich bekam eine Weltanschauung — eine sehr düstere Weltanschauung.

Wulff.

Ist denn eine andre möglich?

Thekla.

Ich erkannte das große Leiden des Lebens, die kaum überdeckten Abgründe; ich fühlte, daß ich auf einem Vulkan tanzte ... Und er — das ist es ja eben, was ich ihm haupt= sächlich vorzuwerfen habe ...

Wulff.

Was denn?

Thekla.

Er war mir zu vergnügt. Immer guter Dinge, immer geneigt zur Fidelität ...

Wulff.

Ja, das ist allerdings unerträglich.

Thekla.

Kein Verständnis für die Verschleierung meines Gemüts, meine quälende Unbefriedigung. Keine Ahnung von dem allgemeinen tiefen, hoffnungslosen Elend ...

Zehnter Auftritt.

Vorige. Frau Moebius.

Frau Moebius

(kommt mit einer halben Flasche Champagner, die beiden mißtrauisch musternd).

Hier ist der Pomery, gnädige Frau. (Sie stellt ihn auf den Mitteltisch und geht zum Büffet, um ein Glas zu holen.)

Thekla (steht auf und geht zur rechten Seite des Mitteltisches).

Ganz recht. Ich danke. (Zu Wulff.) Zur Stärkung meiner Nerven. Darf ich Ihnen auch ein Gläschen anbieten?

Wulff.

Nur einen Schluck, um Ihnen Bescheid zu thun.

Thekla.

Ach bitte, noch ein zweites Glas. (Frau Moebius stellt die Gläser hin. Thekla zieht einen Zettel hervor.) Und dieses Rezept können Sie mir in der Apotheke machen lassen. (Frau Moebius ab. Zu Wulff, der eine fragende Gebärde macht.) Nur ein bißchen Sulfonal.

Elfter Auftritt.

Thekla. Wulff.

Wulff (ist beschäftigt, den Pfropfen kunstgerecht zu entfernen).

Thekla (setzt sich an den Mitteltisch).

Wobei waren wir doch gleich stehen geblieben?

Wulff (ihr gegenüber, während der Pfropfen knallt).

Bei dem tiefen, hoffnungslosen Elend. (Schenkt ein.)

Thekla.

Ja, richtig. Der unerschöpfliche Jammer des Lebens ...

Wulff.

Unerschöpflich — gewiß. — Auf Ihr Wohl!

Thekla.

Auf das Ihrige. (Sie stoßen an und trinken.) Recht gut, dieser Sekt.

Wulff.

Excellent. (Setzt sich.)

Thekla.

... Der bittere Nachgeschmack nach allen Genüssen; die grausame Enttäuschung, mit der jede erfüllte Hoffnung endet. — Ich habe es noch als das einzige Glück meiner Ehe betrachtet, daß sie kinderlos geblieben — ein Glück vor allem für die ungeborenen Wesen, denen das Weltelend erspart geblieben. (Sie trinkt.)

Wulff (ebenfalls trinkend).

Ja, nicht geboren werden, ist das Klügste, was der Mensch beginnen kann.

Thekla.

Und andrerseits sage ich mir wieder: Hätte ich Kinder gehabt, so wäre doch noch etwas gewesen, was mich ausfüllt, meine Seele befriedigt. Aber so hatte ich nichts ...

Wulff.

Nichts als Ihren Mann.

Thekla.

Nichts als ein Leben des Luxus. Damit glaubte er mich zufriedenzustellen, daß er ohne ein Wort des Vorwurfs all meine Schneiderrechnungen bezahlte. Aber gerade dadurch hat er mich um so tiefer gedemütigt. Ich sagte ihm: Begreifst du nicht, daß ein Weib nach einem Berufe verlangt, daß sie Sehnsucht hat, selbst die Hände zu regen ...

Wulff.

Diese reizenden Hände.

Thekla.

Und wissen Sie, was er mir zur Antwort gab?

Wulff.

Nun?

Thekla.

„Wenn du dich nach einem Berufe sehnst, dann hilf mir doch in dem meinigen.“ — In seiner Teppichhandlung! Wie finden Sie das?

Wulff.

Welch plumpes Mißverständnis!

Thekla.

Das brachte das Faß zum Ueberlaufen. Da erkannte ich die tiefe, schwindelnde Kluft, die uns trennt. Denn daß Mann und Weib sich noch etwas mehr sein können als ... daß sie einander Freunde sein können, Kampfgefährten ...

Wulff.

Kameraden.

Thekla.

Ja, Kameraden. — (aufstehend und ihm die Hand reichend)
ich danke Ihnen für dieses Wort — Kameraden — das hat
er nie verstanden.

Wulff (küßt ihr die Hand).

Ich aber verstehe Sie so ganz! (Finster, mit gesenkter Stimme.)
Auch ich war ja einmal an ein Wesen gefesselt, das mich
nicht begriff.

Thekla.

Ihre geschiedene Frau ... ich hörte davon.

Wulff.

Lassen Sie mich davon schweigen! (Beide setzen sich wieder;
Wulff auf den Stuhl Vorderseite des Tisches.) Jahre sind darüber
hingegangen. Aber wenn ich ein Gegner der Ehe geworden
bin — ein prinzipieller Gegner — sie allein hat es zu ver=
antworten.

Thekla.

O, Sie Aermster! —

Wulff.

Wir sind allzumal arme Schächer — wir Märtyrer des
Gedankens. Glauben Sie nun, daß ich mich Ihnen so nahe —
so merkwürdig nahe fühle? (Er rückt ihr näher.) Ich könnte
sagen, daß ich Sie bewundere. Aber es genügt, wenn ich
sage: Ich fasse Sie!

Thekla (ein wenig zurückweichend).

Sie sind ja ein Philosoph.

Wulff.

Und Sie eine Philosophin.

Thekla.

O nein — nur ein schlichtes Weib. (Sie trinkt ihr Glas aus und erhebt sich.) Aber um so mehr will ich zeigen, wozu wir fähig sind, wenn wir den Mut haben, ganz wir selbst zu sein.

Wulff (ist gleichfalls aufgestanden, eifrig).

Thun Sie das! Zeigen Sie der Welt eine unerschrockene moderne Persönlichkeit. Und was ich vermag, Ihnen dabei behilflich zu sein . . .

Thekla.

Das habe ich von Ihnen erwartet.

Wulff.

Ich wäre stolz, wenn der Kamerad, nach dem Sie lechzen — wenn Sie ihn fänden — in mir. Auch ich habe ja förmlich gehungert nach einem solchen Kameraden — nach einem lebendigen Echo meines freudlos einsamen Denkens. Und nun sehe ich Sie vor mir — wie einen Gedanken von mir, in wundervollen Formen verkörpert.

Thekla.

Glauben Sie wirklich, daß ich Ihnen etwas sein könnte?

Wulff.

Was könnten Sie mir nicht sein! Eine neue Epoche in meiner Forschung. Das Weib ist sensibler als der Mann; es spürt Wahrheiten, zu denen unser schärfster Verstand nicht vordringt.

Thekla.

Sollte diese Sensibilität mich nicht auch befähigen können, selbständige Entdeckungen zu machen?

Wulff.

Wohl möglich. Aber erst durch den fortwährenden intimen Kontakt mit einem männlichen Geist treten sie ins Bewußtsein. (Ganz nahe.) Wenn Sie mir gestatteten, einen Blick zu werfen . . .

Thekla.

Es wird Zeit, daß Sie gehen. (Sie geht an ihm vorüber nach links.) Man könnte sonst hier . . .

Wulff (ist ihr gefolgt).

Ich verstehe. — Und was gedenken Sie zunächst zu thun?

Thekla.

Aufzuatmen.

Wulff.

Und dann?

Thekla.

Vorerst bin ich wie der Löwe, der eben aus dem Käfig brach: er reckt seine Glieder. Ein andermal mehr davon.

Wulff.

Ich gehe, da Sie es befehlen. — Bald, bald komm' ich wieder. Wir haben uns noch viel, noch sehr viel zu sagen. Unsre Geister müssen immer inniger miteinander verschmelzen.

Thekla (erschauert).

O — das muß tröstlich sein!

Wulff.

Berauschend. — Auf Wiedersehen, mein edler Kamerad!

Thekla.

Auf Wiedersehen. (Da er ihr zärtlich die Hand küßt.) So stürmisch? Ziemt sich das für einen Kameraden?

Wulff.

Warum sollen nicht auch Kameraden stürmisch sein? — Was hätten wir von diesem jammervollen Dasein — was hätten wir, wenn nicht das? (Geht ab.)

Zwölfter Auftritt.

Thekla. (Dann) **Gertrud.** (Später) **Babette.** **Frau Moebius.**

Thekla
(geht erregt, tief atmend auf und nieder; dann klingelt sie).

Gertrud (von links hinten).

Sie wünschen, gnädige Frau? Die Wirtschafterin ist gerade in die Apotheke gegangen . . .

Thekla.

O, das eilte ja nicht. — Ich wollte nur sagen, daß ich jetzt nicht gestört sein möchte. Ich bin sehr ermattet und gedenke ein wenig zu schlummern. (Zustimmung Gertruds. Thekla geht auf ihr Zimmer und kehrt noch einmal um.) Sie kannten doch den Herrn, der mich da eben verließ?

Gertrud.

Doch nicht, gnädige Frau.

Thekla (mit Betonung).

Doktor Wulff — Egon Wulff — haben Sie diesen Namen niemals gehört?

Gertrud.

Ich kann mich nicht entsinnen.

Thekla.

Dann haben Sie wohl unsre neuesten Geisteskämpfe nicht sehr genau verfolgt.

Gertrud.

Leider nein. Ich kenne noch nicht einmal alle alten.

Thekla.

Aber als Erzieherin der Jugend . . .

Gertrud.

Ach, meine Volksschuljugend, gnädige Frau — wenn ich die nur einigermaßen für den Kampf ums tägliche Brot erziehen kann, da bin ich schon ganz zufrieden. — Uebrigens — hat der Herr auch etwas für kleine Mädchen geschrieben?

Thekla.

Das gerade nicht. (Sie will wieder abgehen.)

Babette

(kommt aus ihrem Zimmer, in Hut und Mantille, zum Ausgehen gerüstet; zu Gertrud, mit Blick auf Thekla).

Das trifft sich ja gut. Dürfte ich gleich bitten . . .

Gertrud (vorstellend).

Frau Hildebrand — Fräulein Seiler.

Babette.

Ich freue mich sehr, unsre Bekanntschaft zu erneuern. Denn einmal sind wir uns schon begegnet, gnädige Frau.

Thekla (unangenehm berührt).

So ... in der That ...

Babette.

Ich konnte nicht gleich darauf kommen. Es ist auch schon mehrere Jahre her. In Norderney. Ich promenierte mit einer gemeinsamen Bekannten, Fräulein Degenhart ...

Thekla.

Ja — eine Schulfreundin meiner Mutter.

Babette.

Sie saßen in einem Strandkorb mit Ihrem Herrn Gemahl.

Thekla.

Nun, sie sagten ja selbst: es ist schon lange her. — Sie wollten gerade ausgehen; ich will Sie nicht aufhalten. (Verbeugt sich; geht ab in ihr Zimmer.)

Babette (lebhaft).

Ich möchte wetten, da hat es einen Krach gegeben. Entweder sie ist ihrem Manne durchgegangen, oder ...

Gertrud.

Aber Fräulein Seiler!

Babette.

Haben Sie nicht gesehen, wie sie zusammenzuckte, als ich von ihm sprach?

Gertrud.

Das sind Dinge, die mich nichts angehen.

Babette.

Mich interessiert so etwas ganz enorm. Wenn Sie zufällig Näheres erfahren sollten . . .

Frau Moebius (von links hinten).

Da ist schon wieder ein Herr, der nach Frau Hilde=brand fragt.

Gertrud.

Ach, wirklich?

Babette (geht neugierig ab hinten links).

Frau Moebius.

Die hat 'ne zahlreiche Bekanntschaft.

Gertrud.

Sag ihm — (während sie die Fenster öffnet). Der Mensch vorhin war parfümiert. Es riecht noch alles danach. — Sag ihm, daß Frau Hildebrand jetzt nicht zu sprechen ist.

Frau Moebius (ein Schächtelchen auf den Schreibtisch stellend).

Und da ist auch die Medizin. (Nimmt die leere Flasche und die Gläser mit.)

Gertrud.

Ich werde sie ihr später geben.

Babette (kommt zurück; sensationell).

Fräulein, das ist er ja!

Gertrud.

Wer?

Babette.

Er selbst! — Nein, ist das romantisch!

Gertrud.

Führ ihn herein, Liese.

(Frau Moebius geht und läßt Hildebrand eintreten. Babette begegnet ihm in der Thür. Er macht ihr eine Verbeugung, die sie erwidert; dann ab.)

Dreizehnter Auftritt.

Gertrud. Hildebrand.

Hildebrand

(stattlicher Mann, Ende der Dreißig; in seinem Wesen offen und jovial, mit der unbefangenen Derbheit des Selfmademan. Er ist stark erhitzt und sehr aufgeregt).

Verzeihen Sie, gnädiges Fräulein; Sie sind ja wohl die Vorsteherin dieser Pension?

Gertrud.

Das bin ich.

Hildebrand.

Und es stimmt wohl auch, daß heute früh eine Frau Hildebrand bei Ihnen eingezogen ist?

Gertrud.

Ja, das stimmt. — Mit wem habe ich die Ehre?

Hildebrand.

Ich bin . . . ich heiße — Hildebrand. Die Dame, die hier wohnt . . . Herrgott, warum soll ich Ihnen das verschweigen; es ist ja kein Geheimnis — die Dame ist meine Frau.

Gertrud.

O, das ist ... Nehmen Sie doch Platz, mein Herr. Die Dame hat sich allerdings zurückgezogen, um ein wenig zu schlummern, und mir anbefohlen ... Aber sie hat jedenfalls nicht vorausgesehen ... (Entschlossen.) Ich werde Sie anmelden. (Geht nach links.)

Hildebrand (trocknet sich die Stirn).

Nein, thun Sie das nicht! Wenn meine Frau im Schlafe gestört wird ... nein, bitte, thun Sie das lieber nicht! Aber wenn Sie erlauben wollten, werd' ich hier warten, bis sie aufwacht.

Gertrud.

Selbstverständlich.

Hildebrand.

Sie sind sehr gütig. — Uebrigens, Ihren Herrn Vater — Herr Karsten ist doch Ihr Vater?

Gertrud.

Gewiß.

Hildebrand.

Ich kenn' ihn sehr gut. Wir haben uns wiederholt in Vereinen getroffen. In welchen, das wüßt' ich im Moment nicht zu sagen. War's nicht im Verein für Volksbildung?

Gertrud.

Das glaub' ich kaum.

Hildebrand.

Oder vielleicht im Tierschutzverein — wer kennt sich da noch aus! Ich bin nämlich der richtige Vereinsmeier. Eigentlich lächerlich — wie?

Gertrud.

Wenn was Gutes dabei herauskommt ...

Hildebrand.

Summa Summarum schon. Aber viel Schererei und Schreiberei. Mir wird immer alles aufgebürdet. Geht's ihm gut, Ihrem Herrn Vater?

Gertrud.

O danke! Er ist in seinem Arbeitszimmer. Wenn Sie ihn sprechen wollen ...

Hildebrand.

Sehr liebenswürdig. Aber wer arbeitet, den stört man nicht.

Gertrud.

Und es ist Ihnen auch gewiß jetzt lieber, allein zu bleiben.

Hildebrand.

Durchaus nicht. Aber ich will Sie um keinen Preis aufhalten.... Wenn Sie mir nur noch sagen wollten: Meine Frau, als sie hier ankam — war sie da in sehr aufgeregter Stimmung?

Gertrud.

Das habe ich nicht bemerkt.

Hildebrand.

Und sie hat Ihnen auch sonst nichts mitgeteilt?

Gertrud.

Nichts.

Hildebrand.

Sie dachten wohl, sie sei Witwe?

Gertrud.

Ich habe mir darüber keine Gedanken gemacht.

Hildebrand.

Das ist sehr nett von Ihnen. Machen Sie sich auch weiter keine Gedanken. Es hat gar keinen Zweck, sich andrer Leute Köpfe zu zerbrechen. Eine Art von Mißverständnis, wodurch diese schauderhaft fatale Situation ... oder finden Sie sie komisch?

Gertrud (verlegen).

Herr Hildebrand, ich ...

Hildebrand.

Mit mir können Sie ganz offen reden. Wie Sie bemerken, genier' ich mich auch nicht. Sie sehen nicht gerade aus wie jemand, vor dem man auf seiner Hut sein muß.

Gertrud.

So jemand bin ich auch nicht.

Hildebrand.

Nicht wahr, nein? Also, wenn Sie mir noch ein bißchen Gesellschaft leisten wollen — heißt das, wenn Sie nichts Besseres vorhaben ...

Gertrud.

Ich kann mir die Zeit schon nehmen.

Hildebrand.

Ich bin nämlich jetzt ein bißchen zappelig, und da ist es mir eine große Erleichterung, wenn ich reden kann. Zu wissen, daß meine Frau da nebenan liegt und schläft, während ich doch etwas Wichtiges mit ihr zu besprechen hätte. ... Ueberhaupt, Warten ist schon an und für sich was Schreckliches, und noch dazu auf etwas Unangenehmes. ... Damit will ich natürlich nicht gesagt haben ... Aber zum Beispiel beim Zahnarzt, bevor ich an die Reihe komme, da muß ich schwatzen, nur immer schwatzen — ganz einerlei mit wem.

Gertrud (unwillkürlich lachend).

Ach so!

Hildebrand.

Nein, das war 'ne Dummheit. Nehmen Sie mir's nicht übel! Es ist mir auch gar nicht einerlei. ... Na, da hab' ich mich schön verheddert!

Gertrud.

Das macht nichts.

Hildebrand.

Ich wollte eigentlich sagen: Ganz einerlei w o r ü b e r. Zum Beispiel mit Kindern, da könnt' ich mich stundenlang unterhalten und nicht merken, daß die Zeit vergeht. Leider hab' ich keine eigenen. Sind Sie auch so ein Kindernarr? (Setzt sich auf den Stuhl vor dem Mitteltisch.)

Gertrud.

Aus Liebe zu den Kindern hab' ich meinen Beruf erwählt.

Hildebrand.

Was der Tausend! Sie sind Erzieherin — Lehrerin?

Gertrud.

Elementar-.

Hilbebrand.

Denken Sie nur — wie Sie mich da sehen, wollt' ich auch mal Lehrer werden.

Gertrub.

Sie? Ach nein!

Hilbebrand.

Mathematik-Professor — das war auf der Schule mein Ibeal. Das dacht' ich mir als Parabies auf Erden. — Aber dann wurde ich ins Geschäft gesteckt . . . na, und jetzt bin ich ganz zufrieden, baß es so gekommen ist. Es hat mir weiter nichts geschabet.

Gertrub.

Thätigkeit schabet einem nie etwas, wenn man sie nur ernsthaft betreibt.

Hilbebrand.

Da sprechen Sie mir aus der Seele. Ich kann mir ja sehr wohl 'ne großartigere Thätigkeit vorstellen ober 'ne anregenbere, als ich sie habe. Aber brauche ich sie mir beshalb verekeln zu lassen?

Gertrub.

Wer sollte benn . . .

Hilbebrand.

Nicht wahr, das begreifen Sie nicht? — Soll ich thun, als schämt' ich mich ihrer? Ich und meine Frau und so und so viel anbre — wir leben ja bavon. Aber das ganz beiseite — ich möchte sie boch nicht entbehren — um keinen Preis. (Springt auf.) Ich könnte reich sein; man könnte mir

das Vermögen des Großmogul in die Tasche stecken ...
am andern Morgen säß' ich doch wieder an meinem Pult.
Müßiggehen — auch nur einen Tag — ich glaube, da würd'
ich rot werden vor jedem Stiefelputzer ...

Gertrud.

Seien Sie froh, daß Sie's nicht zu werden brauchen.

Hildebrand.

Da würd' ich verrückt werden — mich aufhängen. Und
daher kommt ja auch das ganze Malheur .. ich will sagen —
das ist wie 'ne Krankheit!

Gertrud.

Ja, wie einem da zu Mute ist, das kann ich mir auch
nicht vorstellen.

Hildebrand.

Und Sie haben doch gewiß Ihre Last mit den Göhren.

Gertrud.

Ach nein. Viel mehr Freude. Die Kinder sind so dankbar,
wenn sie sehen, daß man wirklich ein Herz für sie hat.

Hildebrand.

Ja, und wie so was Kleines sich noch freuen kann —
(mit einem Blick nach Thellas Thür) nicht wahr, beneidenswert?

Gertrud.

Sie möcht' ich mal mitnehmen, wenn ich mit meiner
Klasse in den Zoologischen Garten gehe. Da könnten Sie
was erleben.

Hilbebranb.

Da wär' ich gleich babei. Wann ist bas wieber? Ich komme mit.

Gertrub (lächelnb).

Es wirb sich boch nicht gut bewerkstelligen lassen.

Hilbebranb.

Da könnt' ich in meinen Kreisen Jahrzehnte lang ver= kehren unb käme zu so was nicht. Denn wissen Sie ...

Gertrub (hat aufgehorcht).

Jetzt wurbe ein Sessel gerückt. (Geht zu Theklas Thür.)

Hilbebranb.

Ach so — ja! — Ist sie aufgewacht?

Gertrub (an der Thür lauschenb).

Sie geht im Zimmer herum.

Hilbebranb (ihr folgenb, mit gebämpfter Stimme).

Na, bann wollen Sie also bie Güte haben, ihr zu sagen, ich sei ba unb möchte sie auf einen Augenblick sprechen.

Gertrub (klopft).

Thekla (von innen).

Herein. (Gertrub ab vorn links.)

Hilbebranb

(spielt nervös mit ber auf bem Tischchen links liegenben Zeitung, setzt sich, zieht bann einen Brief hervor unb liest barin).

Es ist nicht zu glauben — nicht zu glauben. —

(Die Thür vorn links wird geöffnet. Man hört Theklas Stimme: „Unter gar keinen Umständen." Gertrud tritt heraus; hinter ihr wird die Thür hörbar verschlossen).

Hilbebrand

(ist aufgesprungen und diesem Vorgang mit wachsender Verblüffung gefolgt).

Gertrud (steht ihm verlegen gegenüber. Pause).

Hilbebrand (sich endlich fassend).

Das ist aber stark.

Gertrub.

Ich bedaure, Herr Hilbebrand . . .

Hilbebrand.

Nun, was hat sie denn eigentlich gesagt?

Gertrub.

Als ich Ihrer Frau Gemahlin mitteilte, daß Sie hier sind, ließ sie mich gar nicht weiter zu Worte kommen. Ich soll Ihnen ausrichten, sie hätte Ihnen alles ausführlich ge= schrieben; sie wisse nicht, was sonst noch zu besprechen sei, und sie bitte Sie bringend, mit Rücksicht auf ihre Nerven, in der nächsten Zeit ihr weder zu schreiben, noch sie aufzu= suchen. Sie könne Sie nicht empfangen — unter gar keinen Umständen.

Hilbebrand.

Ja, das letzte hab' ich selbst gehört. — Aber ich kann doch ganz unmöglich jetzt einfach wieder fortgehen, ohne ihr wenigstens gesagt zu haben . . . (Er geht an Theklas Thür und klopft.) Thekla — liebe Thekla — nur auf eine Minute . . . Du brauchst gar keine Angst zu haben. Nur ein paar ganz

gemütliche Wörtchen — zur gegenseitigen Aufklärung . . .
Thekla — hörst du? — (Er lauscht.) Keine Antwort. —
(Pause.)

Gertrud (vorn rechts, mit gedämpfter Stimme, zögernd).

Herr Hildebrand — würden Sie mir verzeihen, wenn
ich als Frau Ihnen einen Rat geben möchte?

Hildebrand (tritt zu ihr).
O, den kann ich jetzt sehr gut brauchen.

Gertrud (lädt ihn ein, mit ihr nach rechts zu kommen).

Ich habe den Eindruck: Ihre Frau Gemahlin befindet
sich momentan in einer krankhaften Erregung. Solch ein
Zustand geht gewiß am schnellsten vorüber, wenn man ihm
Zeit läßt. Und da ist es vielleicht das Richtigste — in
Ihrem gemeinsamen Interesse . . .

Hildebrand.
Wenn ich wieder abziehe. Sie haben vollständig recht.
Es ist ja ein bißchen viel verlangt von einem Ehemann . . .
Aber — es war vielleicht schon eine große Dummheit, daß
ich so spornstreichs hierher gerannt bin — so im ersten
Raptus. Freilich, wenn man aus seinem Bureau ganz
ahnungslos einen Sprung nach Hause macht und findet solch
eine Neuigkeit — einen Brief, worin unter anderm steht:
„Ich wohne von heute ab da und da; bitte mir alles nach-
zusenden“ — überraschend, nicht wahr? Aber Sie haben
vollständig recht. Nur muß sie wenigstens erfahren . . . Ich
kann sie nicht sprechen; ich darf ihr nicht schreiben — da
muß ich Sie schon bitten, auch ihr von mir etwas aus-
zurichten.

Gertrud.

Sehr gerne.

Hildebrand (sieht sie an).

Sie thun mir wirklich leid. Werden da auf einmal in eine Geschichte mitverwickelt . . .

Gertrud.

Das ist das wenigste.

Hildebrand.

Na, ich kann noch Gott danken, daß grade Sie es sind und niemand anders. Seit ich hier eingetreten bin, weiß ich nicht, wovor ich mehr Respekt haben soll — vor dem, was Sie gesagt, oder vor dem, was Sie nicht gesagt haben. Und was ich jetzt genötigt bin, Ihnen anzuvertrauen . . .

Gertrud.

Das bleibt unter uns.

Hildebrand (reicht ihr die Hand).

Abgemacht. Also — meine Frau soll vor allem ver= sichert sein, daß ich keinerlei Zwang auf sie ausüben werde. Sie kann natürlich jederzeit zu mir zurückkehren — jederzeit. Aber solang sie auf dem Standpunkt steht, daß sie . . . daß sie nicht mit mir leben will, solang soll sie leben, wo und wie es ihr gefällt. Mir ist sie nichts andres schuldig, als was sie sich selber schuldig ist. Na — und unter dieser Voraussetzung wird sie hoffentlich auch bereit sein, sich münd= lich mit mir auszusprechen, wenn ich in ein paar Tagen wiederkomme. Das ist schließlich, wenn man seit sieben Jahren verheiratet ist, keine übertriebene Forderung. Was meinen Sie?

Gertrud.

Nein, gewiß nicht.

Hildebrand.

Also, das bestellen Sie ihr, bitte! — Ich bin nun auch schon viel ruhiger. Ich habe im ersten Schreck die Sache viel zu tragisch genommen. Es ist eine neue Laune von ihr, etwas radikaler als die andern. Sie können mir glauben: ich habe mir immer die größte Mühe gegeben, all ihre Wünsche zu erfüllen; aber freilich — desto unerfüllbarer wurden sie. Nun wünscht sie sich die Selbständigkeit; damit wird sie, so Gott will, auch bald fertig sein. Und im übrigen — bei Ihnen und Ihrem Herrn Vater ist sie ja gut auf= gehoben. Hier weht eine gesunde Luft; hier weiß man nichts von all dem vertrackten, überspannten Gethue . . .

Gertrud.

Ich bekenne Ihnen ehrlich, Herr Hildebrand: hätte ich gleich gewußt, was ich jetzt weiß, so würde ich vielleicht im Zweifel gewesen sein, ob ich Ihre Frau Gemahlin überhaupt bei uns aufnehmen soll . . .

Hildebrand.

Kann ich Ihnen nicht verdenken.

Gertrud.

Aber jetzt, wo sie einmal bei uns wohnt . . .

Hildebrand.

Jetzt müssen Sie durch.

Gertrud.

. . . Jetzt werd' ich es an nichts fehlen lassen, und vor

allem: was in meinen Kräften steht, will ich versuchen, damit
ihre Nerven sich beruhigen.

Hilbebranb.

Ach, wenn Sie das fertig brächten! Wenn Sie ihr so
ganz peu à peu ben Kopf zurechtsetzen könnten — das wäre
ja ein wahrer Segen! Da möcht' ich ihr ja selber raten,
alle halb Jahr einmal zu Ihnen burchzugehen! (Es klingelt
in Theklas Zimmer.)

Gertrub.

Nun hat sie geklingelt.

Hilbebranb.

Da mach' ich mich aus dem Staube ...

Vierzehnter Auftritt.

Vorige. Karsten. (Dann) Frau Moebius.

Karsten (noch hinter ber Scene).

Trube — wo bist bu denn? (Tritt von rechts hinten ein,
mit einer Zeichnung.) Ach, hier! Ich habe einen kolossalen
Einfall ...

Hilbebranb (vortretenb).

Guten Tag, Herr Karsten.

Karsten.

Herr Hilbebranb? Das ist ja eine Ueberraschung. Sie
kommen gewiß in Vereinsangelegenheiten.

Frau Moebius

(kommt gleich barauf herein unb geht, von Gertrub bebeutet, zu Theklas
Zimmer, wo ihr nach einigem Anklopfen von innen geöffnet wirb; ab).

Hilbebrand.

Nein, in Privatangelegenheiten. Ich wollte meine Frau besuchen.

Karsten.

Ihre Frau? — —

Hilbebrand.

Wissen Sie denn noch gar nicht, daß meine Frau jetzt bei Ihnen wohnt?

Karsten.

Was ist das? Ihre Frau wohnt bei mir?

Gertrud.

Die Dame, die vorhin gemietet hat ...

Karsten.

Aber warum wohnt sie denn nicht bei Ihnen?

Hilbebrand.

Ja, das frage ich Sie, Herr Karsten. (Sieht auf seine Uhr.) Herrgott, schon halb zwölf. Da muß ich aber schleunigst ... Nochmals herzlichen Dank, mein Fräulein. In ein paar Tagen also ... (Zu Karsten.) Sie müssen schon erlauben, daß ich bald wiederkomme.

Gertrud.

Hoffentlich werden Sie sich dann nicht abermals umsonst herbemühen.

Hilbebrand.

So ganz umsonst war es auch diesmal nicht. — Mein Fräulein, Herr Karsten — ich habe die Ehre. (Ab.)

Karsten (noch immer ganz starr vor Verwunderung).

Aber nun erklär' mir doch . . .

Gertrud (zu Frau Moebius, die aus Theklas Zimmer zurückkommt).

Was giebt's?

Frau Moebius.

Sie hat sich zu Bett gelegt, und ich mußt' ihr ein Buch reichen — was von Schopenhauer — Sie kennen doch Schopenhauer — und dann will sie noch zwei Kissen und eine andre Bettdecke und dunklere Vorhänge und eine Wärm= flasche und was weiß ich! Wer kann das alles behalten!

Gertrud.

Nur ruhig Blut, Liese! (Frau Moebius ab.)

Karsten (kopfschüttelnd).

Das muß ja eine komplizierte Dame sein. Aber jetzt erklär' mir endlich . . .

Gertrud (herausplatzend).

Weißt du, Vater, die kann von Glück sagen. Denn wenn ich der ihr Mann wäre — da könnte sie sich gratulieren!

Zweiter Aufzug.

(Dieselbe Dekoration. Der Abreißkalender zeigt den 14. April.)

Erster Auftritt.

Thekla (und) Babette (sitzen vorn links).

Babette.

Sie denken also in der That ernstlich daran, uns wieder zu verlassen?

Thekla (zum Ausgehen gerüstet, im Hut, knöpft sich die Handschuhe zu).

Allerdings. Ich will mir auch heute wieder Verschiedenes ansehen, und sobald ich etwas Entsprechendes gefunden habe . . .

Babette.

Ich kenne die Pensionen hier so ziemlich alle. Sie werden schwerlich eine bessere finden.

Thekla.

Mag sein. Das ist überhaupt eine halbe Maßregel. Ich suche mir eine eigene möblierte Wohnung.

Babette.

So ganz allein?

Thekla.

Warum nicht? Ich engagiere mir dann einfach eine Gesellschafterin.

Babette.

Ja, wer das kann! . . . Mir wird es ja aufrichtig leid thun. Wir haben uns doch schon recht einander genähert . . .

Thekla.

Sie haben mir manche öde Stunde verkürzt.

Babette.

Und ich kann so viel von Ihnen lernen.

Thekla.

Sie werden mich öfter besuchen.

Babette.

O, mit Vergnügen! Pardon — ich weiß, Sie lieben dieses Wort nicht. — Aber was haben Sie hier eigentlich auszusetzen?

Thekla.

Ich bitte Sie, was habe ich nicht auszusetzen? Es fehlt an jedem Komfort. Nun, Sie sind darin eben anspruchsloser. Aber wenn man das Leben schon an und für sich so geringschätzt wie ich, dann will man doch wenigstens seine Bequemlichkeit haben. — Und dann — das Essen!

Babette.

Sie speisen doch so wie so meistens außerhalb.

Thekla.

Weil es hier miserabel ist. Vorhin wieder dieses Gabelfrühstück — da habe ich für ein paar Tage ganz genug.

Babette.

Ich fand es recht gut.

Thekla.

Ich will Ihnen Ihre Illusionen nicht rauben. Ihnen gefallen ja auch diese Spießbürger, unsre Wirte.

Babette (eifrig).

O, Herr Karsten ist kein Spießbürger.

Thekla (aufstehend).

Versetzen Sie sich doch nur in meine Lage, Fräulein Seiler! Sie wissen, ich bin in einer Kampfstellung — und statt daß ich hier Unterstützung oder auch nur Verständnis finde . . .

Babette.

Aber man kann doch Ihrem Gatten nicht gut das Haus verbieten.

Thekla.

Warum denn nicht? Nachdem ich erklärt habe, daß ich ihn nicht empfangen, daß ich Ruhe haben will, hätte man ihn überhaupt nicht mehr hereinlassen dürfen. Es sind kaum drei Wochen, seit ich ihn verlassen habe, und seine Besuche hier werden immer häufiger; ich weiß kaum, wie ich ihm noch entgehen soll; ich befürchte jeden Augenblick, ihm in die Hände zu laufen. Es ist ein reiner Zufall, daß es nicht schon geschehen ist. Man protegiert ihn, man schmiedet Komplotte mit ihm hinter meinem Rücken . . . (Geht nach rechts.)

Babette.

Aber wär' es da nicht das beste, wenn Sie sich selbst einmal mit ihm aussprächen?

Thekla.

Sie kennen das Leben nicht, Fräulein Seiler.

Babette.

Gerade deshalb ist mir der Umgang mit Ihnen so wertvoll.

Thekla.

Nun, dann lassen Sie sich bedeuten: Nichts reizt die Männer mehr, als wenn wir ihnen zeigen, daß wir sie entbehren können.

Babette (nachdenkend).

So? Wirklich?

Thekla.

Das macht sie rasend. Dieser Mann, der mich nie wahrhaft geliebt hat, nun vergißt er seine Würde so ganz, um mich förmlich zu belagern; nun schreckt er vor nichts zurück, um mich wieder in seine Gewalt zu bekommen.

Babette.

Das ist aber doch im Grunde genommen für Sie nur schmeichelhaft.

Thekla.

Ja, wenn ich die erste beste wäre ... Vor ihm verstecken werd' ich mich nicht; dazu bin ich zu stolz. Aber wenn er mich jetzt nicht bald in Frieden läßt, wenn er mich zum Aeußersten treibt, dann soll er sehen, was ein Weib zu thun im stande ist zur Verteidigung ihrer Unabhängigkeit. (Sie hat sich rechts an den Tisch gesetzt.)

Babette.

Ach, meine Beste, vielleicht stellen Sie sich diese Unabhängigkeit doch etwas zu rosig vor.

Thekla.

Ich mir etwas zu rosig vorstellen — ich?! O nein.
Aber Sie wissen nicht, was Unterjochung heißt; Sie waren
Ihr Leben lang selbständig ...

Babette (vor dem Tisch stehend, träumerisch).
Ich hätte mich ganz gern unterjochen lassen.

Thekla.
So? Warum haben Sie dann nicht geheiratet?

Babette.

Es hat sich bis jetzt nicht gemacht. — Und ich fühle
doch, ich hätte einen Mann beglücken können ... Ihnen will
ich es gestehen: ich war zweimal verlobt.

Thekla (steht auf).
Also auch Sie hat das Leben hart angefaßt.

Babette.

Sehr hart. Mein erster Bräutigam war Tenorist —
ein vorzüglicher Sänger, aber leider kein vorzüglicher Mensch.
Ich erkannte, daß er es nicht redlich meinte, so jung ich auch
war — und da mußte ich ihm den Laufpaß geben. Der
Zweite dagegen war ein reiner, edler Charakter.

Thekla.
Und warum ist daraus nichts geworden?

Babette.

Er war mittellos. Er ging nach Amerika, um Geld zu
verdienen. So bald als möglich wollte er zu mir zurück=

kehren. Ich habe fünfzehn Jahre auf ihn gewartet. Nun
warte ich nicht mehr. —

Thekla.

Und Sie sind noch nicht auf meinem Standpunkt an=
gelangt? Sie können das Leben noch schön finden?

Babette.

Ich denke mir immer, das Beste kommt noch.

Thekla.

Das ist die ewige Täuschung.

Babette.

Wer weiß? —

Thekla (aufbrechend).

Lesen Sie nur recht fleißig Egon Wulff, meine Liebe.

Babette.

Das ist wohl ein sehr bedeutender Mann, dieser Doktor
Wulff?

Thekla.

Ein tiefer Denker.

Babette.

Man sagt, er habe seine Frau hintergangen und mit
seinen Kindern sitzen lassen.

Thekla.

Verleumdung. Aber wenn es auch Wahrheit wäre,
dürfte man ihn deshalb verdammen? Ein ungewöhnlicher
Mensch hat nur eine heilige Pflicht: die Treue gegen seine
Persönlichkeit.

Babette.

Merkwürdig. Das sagte mein Tenorist auch.

Zweiter Auftritt.

Vorige. Karſten.

Karſten (kommt trällernd, mit brennender Cigarre, von hinten links).

Babette.
Schon zurück aus Ihrem Café, Herr Karſten?

Karſten.
Ja wohl; ja wohl. (Zu Thekla.) Machen Sie ſich warm
zu, Frau Hildebrand. Es weht ein ſcharfer Wind draußen.

Thekla.
Danke ſehr: ich fürchte ihn nicht. (Ab.)

Dritter Auftritt.

Karſten. Babette. (Später) Gertrud.

Karſten (vor dem Büffet).
Wo ſtiefelt ſie denn nun wieder hin?

Babette.
Sie will ſich eine Wohnung ſuchen.

Karſten.
Von uns ausziehen? Wahrhaftig? Darauf muß ich
ein Schnäpschen trinken. (Schenkt ſich ein.) Das heißt, ich will
nichts geſagt haben. Sie haben ſich ja mit ihr angefreundet.

Babette.
Unſre Anſchauungen ſind ſehr entgegengeſetzt. Aber ſie
intereſſiert mich ganz ungemein. — Ich liebe die Romane
aus dem Leben.

Karsten.

Meinetwegen. Aber gemütlicher war's doch bei uns, ehe sie kam. Finden Sie nicht auch?

Babette.

Das ganz gewiß. Es war ein so harmonischer kleiner Kreis . . .

Karsten.

Ich muß frohe Gesichter um mich sehen, keine sauren Gurken. So muß es auch wieder werden.

Babette.

Aber — glauben Sie, daß es immer so bleiben kann?

Karsten (kommt mit dem Gläschen in der Hand nach vorn).
Warum denn nicht?

Babette.

Nehmen Sie nur den Fall, daß sich Ihre Tochter ein= mal verheiratet . . .

Karsten.

Trude sich verheiraten? Ja, das ist wahr . . . das wäre immerhin möglich. Daran hab' ich eigentlich nie gedacht.

Babette.

Dann müßten Sie doch wohl die Pension aufgeben, Ihre ganze Lebensweise ändern . . .

Karsten.

Mag schon sein.

Babette.

Auch ich müßte mir dann einen andern Unterschlupf suchen.

Karsten.

Ja, das müßten Sie dann wohl.

Babette.

Ich habe mich hier schon so eingelebt ... Es würde mir nicht leicht werden, mich von Ihnen zu trennen, zumal jetzt, wo ich eingeweiht bin in Ihr großes Geheimnis ...

Karsten.

Das ist bald kein Geheimnis mehr.

Babette.

Glauben Sie auch, wenn Sie dann einsam sind, daß Ihre Kunst hinreichen würde, um Sie auszufüllen?

Karsten.

Selbstverständlich würde sie das — selbstverständlich! Um mich brauchen Sie sich gar keine Sorge zu machen, Fräulein Seiler. (Geht nach hinten, stellt das Gläschen ab.)

Gertrud (von rechts hinten).

Schön, daß du wieder da bist, Vater. Ich wollte etwas mit dir besprechen.

Babette.

Da will ich nicht stören.

Gertrud.

Bleiben Sie doch nur hier, Fräulein.

Babette.

Nein, ich habe auch noch einen ellenlangen Brief zu schreiben.

Karsten.

Und wie gesagt, Fräulein Seiler, darüber können Sie vollständig ruhig sein.

(Babette ab in ihr Zimmer.)

Vierter Auftritt.

Karsten. Gertrud. (Später) Frau Moebius.

Gertrud.

Ich wollte dich nämlich fragen ... (Sieht auf seinen Rock.) Da hast du dir schon wieder einen Flecken gemacht. Bleib mal einen Augenblick still. (Sie reibt daran.)

Karsten.

Nun also — was giebt's? Halt — damit ich's nicht ver=gesse — ich muß dich auch etwas fragen. (Setzt sich vorn links.)

Gertrud.

Was denn?

Karsten.

Sag mal, Trude: hast du — hast du nie ans Heiraten gedacht?

Gertrud (noch immer mit dem Fleck beschäftigt, lacht).

Aber Vater, wie kommst du denn mit einemmal auf so was?

Karsten.

Alt genug wärst du doch eigentlich dazu.

Gertrud.

Zu alt, Vater, viel zu alt.

Karsten.

Lächerlich. Deine Mutter war älter, als ich sie nahm.

Gertrud.

Als du sie nahmst; da hast du's ja. Es müßte mich vor allem einer nehmen wollen, und ich ihn — natürlich, ich ihn auch.

Karsten.

Allerdings, das gehört dazu.

Gertrud.

Und wo sollte der herkommen, dieser Märchenprinz, der zu mir sagte: „Fräulein Gertrud Karsten, Sie sind die unwiderstehlichste Volksschullehrerin, die mir in meinem Leben vorgekommen ist; Sie sind nicht mehr die jüngste; hübsch sind Sie auch nicht ...

Karsten.

O doch!

Gertrud.

... Hübsch sind Sie auch nicht; Bildung mittelmäßig; Geld haben Sie gleichfalls keines; aber hier ist mein Thron: würden Sie geruhen, ihn mit mir zu besteigen."

Karsten.

Na warte nur, wenn ich erst durchgedrungen bin ...

Gertrud.

Vater, warum machst du dir so unnütze Gedanken, und warum soll ich sie mir machen? Ich bin doch so zufrieden; wir leben so glücklich miteinander ...

Karsten.

Aber später einmal . . .

Gertrud.

Ich will von später nichts wissen.

Karsten.

Ich glaube, Trude, du könntest dich überhaupt nicht verlieben.

Gertrud.

Da irrst du aber sehr. — Und ich bin ja auch schon verliebt — bis über die Ohren.

Karsten (ist aufgestanden).

So?

Gertrud (ihn umarmend).

In das Leben bin ich verliebt — und in dich, du altes Kind!

Frau Moebius (tritt ein).

Eben ist Herr Hildebrand unten vorgefahren. Soll ich ihn wieder hier hereinführen?

Gertrud.

Freilich, Liese. Es wäre uns sehr angenehm. (Frau Moebius ab.) Gerade darüber wollte ich mit dir sprechen, Vater. Der Mann kommt jetzt Tag für Tag, sitzt Stunden lang hier . . .

Karsten.

Ein sehr netter Mensch. Gefällt mir ausgezeichnet.

Gertrud.

Ja, der hätte ein besseres Los verdient.

Karsten.

Hat viel Verständnis für Baukunst. Begriff sofort, um was es sich handelt; geht für den neuen Stil durchs Feuer.

Gertrud.

Sehr schön; aber . . .

Karsten.

Wir sollten ihn einmal zu Tisch einladen.

Gertrud.

Nein, ganz im Ernste, dieser Zustand kann doch so nicht weiter bestehen. Wir müssen irgend etwas thun . . . Die Frau wird immer schwieriger . . .

Karsten.

Davon versteh' ich nichts. Das ist deine Sache. — Sie wird ja übrigens bald ausziehen; sie sucht sich eine Wohnung, hat mir Fräulein Seiler gesagt.

Gertrud.

So?!

Karsten.

Das ist doch das Einfachste. Dann sind wir die Ge=schichte los.

Gertrud (nachdenklich).

Ja, gewiß; dann sind wir . . .

Fünfter Auftritt.

Vorige. Hildebrand.

Hildebrand.

Guten Tag. Da bin ich schon wieder.

Gertrud.

Sie brauchen sich nicht zu entschuldigen.

Hilbebranb.

Das Dutzenb ist balb voll.

Karsten.

Sie sind uns immer willkommen, Herr Hilbebranb.

Hilbebranb.

Ihnen — das weiß ich. — Wie geht's meiner Frau? Ist sie zu Hause?

Gertrub.

Nein, sie ist ausgegangen.

Hilbebranb.

Schon wieder! Nun kam ich heut eigens am Nach=
mittag, weil ich dachte ... Balb schläft sie; balb verriegelt
sie sich; balb ist sie ausgegangen. Unb Ihre Gebulb hab'
ich auch schon mehr als billig in Anspruch genommen. Ich
kann ihr boch nicht auflauern ˉober bei ihr einbrechen ...
Das Beste wirb sein, ich geb's auf.

Gertrub.

Vielleicht kommt sie balb zurück.

Hilbebranb.

Nun gut, einmal will ich noch mein Glück versuchen.
Darf ich noch einmal hier warten? Haben Sie nichts dagegen?

Gertrub (lachend).

Wir wollen noch einmal so gnädig sein.

Karsten.

Sagen Sie, Herr Hildebrand — Sie sind gewiß sehr
neugierig, möchten was Genaueres erfahren von meinen
Entwürfen?

Hildebrand.

Wäre mir riesig interessant.

Karsten.

Kommen Sie doch mal gemütlich zu uns.

Hildebrand.

Gemütlich? Wie meinen Sie das?

Karsten.

Essen Sie doch mal mit uns zu Mittag. Sie sitzen ja
so wie so jetzt immer allein zu Hause. Gleich heute, wenn
Sie wollen.

Hildebrand.

Sie scherzen, Herr Karsten. Ich in Gesellschaft meiner
Frau zu Mittag essen ...

Gertrud.

Ihre Frau diniert meistens nicht mit uns.

Hildebrand (erstaunt).

Nicht?

Karsten.

Nun also.

Hildebrand.

Herr Karsten, Sie sind der barmherzige Samariter. Ich
möchte ja so gerne ... Aber es geht nicht! Wenn ich alle

Tage hier erscheine und schüchterne Versuche mache, meine Frau zu sprechen, oder mich wenigstens nach ihrem Befinden erkundige, das kann mir niemand verdenken. Aber hier essen ... nein, ich will mir nicht das Geringste ihr gegenüber vorzuwerfen haben.

Karsten.

Schade. — Verzeihen Sie mal. (Er nimmt, während Hildebrand an das Tischchen links tritt und in einem Buche blättert, Gertrud beiseite; halblaut.) Glaubst du, Trude, daß er mir's übelnimmt, wenn ich jetzt gehe?

Gertrud.

Nicht im geringsten.

Karsten.

Denn weißt du — es ist doch allerhöchste Zeit, daß die Ruhmeshalle fertig wird. (Laut.) Auf Wiedersehn, Herr Hildebrand. (Geht, von Gertrud gefolgt, nach hinten.)

Hildebrand.

Auf Wiedersehn.

Karsten (kehrt noch einmal um; halblaut zu Gertrud).

Was meinst du, Trude — soll ich ihm die Pläne zeigen?

Gertrud.

Aber doch nicht jetzt! Er hat den Kopf so voll mit seinem Unglück ...

Karsten.

Du hast recht. (Ab rechts hinten.)

Sechster Auftritt.

Gertrud. Hildebrand.

Hildebrand.

Ein prächtiger Mann, Ihr Vater! Ich hab' ihn gern.

Gertrud.

Er Sie auch.

Hildebrand.

Das freut mich — weiß Gott, das freut mich kolossal. Der Mann hat so was Nobles, so was reizend Unverdorbenes. Deshalb hat er's wohl auch nicht weiter gebracht.

Gertrud.

Er ist trotzdem beneidenswert, Herr Hildebrand. Er lebt ganz in seinen Ideen, und er glaubt an sich.

Hildebrand.

Das alles könnt' er aber nicht, wenn Sie nicht wären.

Gertrud.

Wie meinen Sie das?

Hildebrand.

Sie nehmen ihm die Sorgen ab.

Gertrud.

Früher hat das meine Mutter gethan. Seit sie nicht mehr lebt, bin ich doch die Nächste dazu. Von drei Kindern bin ich allein ihm übriggeblieben . . .

Hildebrand.

Und ersetzen ihm alles. — Sie sind ein tüchtiger Mensch, Fräulein Karsten — Sie sind ein grundtüchtiger Mensch. Deshalb brauchen Sie gar nicht rot zu werden. Schließlich — warum soll man's denn jemand nicht sagen, wenn man Hochachtung vor ihm hat? Ich sehe da keinen Grund.

Gertrud.

Bedaure sehr, ich kann Ihre Komplimente nicht accep= tieren. Was thu' ich denn so Außergewöhnliches? Und dann haben wir ja noch unsre gute Liese ...

Hildebrand.

Das treffliche Hausmöbel. Aber haben Sie denn auch jemand, mit dem Sie sich über alles aussprechen können? Ihr Vater — der lebt ganz in seinen Ideen, so sagten Sie selbst. Haben Sie eine Freundin?

Gertrud.

Nein. (Sie setzt sich auf den Diwan.)

Hildebrand.

Und doch — einen Menschen, mit dem man alles teilt, auch die Kleinigkeiten — so jemand braucht man doch eigentlich.

Gertrud.

Eigentlich ja.

Hildebrand.

Und trotzdem entbehren Sie nichts? (Setzt sich auf den Stuhl vor dem Mitteltisch.)

Gertrud.

Nein. Was ich habe, das macht mich froh.

Hildebrand.

Und was Sie nicht haben?

Gertrud.

Das denk' ich mir dazu — womöglich noch viel schöner, als es ist.

Hildebrand.

Das ist alles so einfach. Man möcht's Ihnen gleich nachmachen, wenn man könnte. — Ich hätt's gekonnt... Ich hätte auch nichts entbehrt. Ich nahm mir ein häuslich er- zogenes Mädchen aus einer kleinen Stadt ... Sie war da- mals anders — ganz anders.

Gertrud.

Was hat sie so verwandelt?

Hildebrand.

Ja, wenn ich das wüßte! Es kam so nach und nach. Sie nennt das ihre Entwicklung. Zuerst war's Neugier, daß sie alles kennen lernen, alles mitmachen wollte. Schließlich ging es von Gesellschaft zu Gesellschaft, von Vergnügen zu Vergnügen. Ich gab immer nach, immer. Und zuguterletzt kam das Schlimmste: sie entdeckte ihren Geist. Da war nichts mehr zu wollen.

Gertrud.

Vielleicht entdeckt sie jetzt etwas Besseres.

Hildebrand.

Ist ja auch meine ganze Hoffnung. Das ist die Krisis;

jetzt muß es sich entscheiden. Wenn sie nur schon früher mit Ihnen zusammengetroffen wäre! Wenn sie nur sich hier wohl fühlen wollte, Freundschaft mit Ihnen schließen . . .

Gertrud.

Dazu ist wenig Aussicht. Ich habe leider bis jetzt ihr Vertrauen nicht gewinnen können. Und da sie gleich im Anfang meine bescheidenen Vermittlungsversuche so schroff abgelehnt hat . . .

Hildebrand (aufstehend).

Ich weiß. Aber lassen Sie nicht locker! Es ist ja keine Kleinigkeit. Helfen Sie mir . . .!

Gertrud (aufstehend).

Von Herzen gern. Nur sagen Sie mir, wie? Ich bin für Ihre Frau die Wirtin, weiter nichts. Und was Sie selbst nicht vermögen . . .

Hildebrand.

Ja, das ist richtig. Was ich selbst nicht vermag. (Geht erregt umher.) Himmelsakrament, ist das eine verdammte Geschichte! Es ist ja unerhört. Ich bin doch kein Hampelmann! Warum vergelt' ich ihr denn nicht mit gleicher Münze? Warum überlaß' ich sie denn nicht ihrem Schicksal? Jeden Tag nehm' ich mir vor: Diesmal bleibst du hübsch zu Hause — und auf einmal bin ich doch wieder da, ich weiß selbst nicht wie. Es zieht mich hierher — ganz unwiderstehlich.

Gertrud.

Das ist doch sehr natürlich.

Hildebrand.

Nein, das ist nicht natürlich! Das ist komplett verrückt. Sie muß ja glauben, ich könnt' es gar nicht mehr

ohne sie aushalten. Und dann müssen Sie auch noch immer
so gut gegen mich sein, so vernünftig, so nachsichtsvoll ...
Warum lassen Sie sich überhaupt die Zeit von mir stehlen?
Warum jagen Sie mich nicht fort?

Gertrud (lächelnd).

Sie kämen ja doch wieder.

Hildebrand.

Nein, wenn Sie mich fortjagten, dann käm' ich nicht
wieder — absolut nicht! — Könnt' ich Ihnen wenigstens
bei irgendwas helfen, mich irgendwie nützlich machen ...

Gertrud.

O, das können Sie, wenn Sie wollen. (Holt vom Schreibtisch einen Stoß Schulhefte und Schreibzeug.) Helfen Sie mir Hefte
korrigieren. Das muß heut noch alles erledigt werden.

Hildebrand.

Warum haben Sie mir das nicht gleich gesagt! — Nur
her damit!

Gertrud.

Heut Abend komm' ich doch nicht mehr dazu. Wir
haben zu Tisch ein paar kleine Schülerinnen von mir ...

Hildebrand.

Da bedaure ich doppelt, daß ich nicht dabei bin.

Gertrud

(hat die Hefte in zwei Rationen auf den Mitteltisch gelegt).

Hier. — Und da ist rote Tinte. Wenn es ein gram-
matischer Fehler ist, machen Sie einen wagrechten Strich;
bei einem orthographischen ein Kreuzchen.

Hilbebrand.

Schön. (Sie setzen sich an den Mitteltisch, einander gegenüber und fangen an.) Sonderbar, wie man sich kennen lernt! Wär' meine Frau mir nicht fortgelaufen, dann hätte ich höchst wahrscheinlich nie Ihre Bekanntschaft gemacht. Und nun sind wir schon wie zwei alte Freunde — was?

Gertrud.

Freilich.

Hilbebrand (korrigierend).

„Die Wiese ist grün," Wiese mit einem „h". Kreuzchen. (Zeigt es ihr.) So richtig?

Gertrud.

Ausgezeichnet.

Hilbebrand (fortfahrend).

„Die Tante ist brav. Das Federmesser ist scharf. Dieser Mann hat eine gute Frau". — —

Siebenter Auftritt.

Vorige. Thekla.

Thekla (erscheint mit Hut und Mantel im Hintergrunde der von Frau Moebius geöffneten Eingangsthür).

Gertrud (zu Hilbebrand).

Da ist Ihre Frau. (Die Hefte liegen lassend, eilt sie fort; ab rechts hinten.)

Thekla (noch draußen, zu Frau Moebius, mit Blick auf Hilbebrand).

Also doch! — (Dann, mit plötzlichem Entschluß, tritt sie ein.)

Achter Auftritt.

Hildebrand. Thekla.

Hildebrand (ist Thekla entgegengegangen).
Thekla, würdest du mir heute endlich gestatten . . .

Thekla.

Also du verfolgst mich auf Schritt und Tritt. Du willst mir meine Freiheit nicht lassen. Mein ausdrücklicher Wunsch, dir fern zu bleiben, ist nicht für dich vorhanden. Aber, wenn du auch keinen Sinn hast für meine Menschenrechte — verbietet dir denn nicht wenigstens dein Mannesstolz, mir in dieser Weise nachzulaufen? (Legt ab und kommt dann nach vorn.)

Hildebrand (folgt ihr).

Thekla, vor allem rege dich nicht überflüssig auf. Das kann dir nur schaden und mir nicht nützen. Sei ganz ruhig; du siehst, ich bin es auch. Was meinen Mannesstolz betrifft, den magst du so hoch oder so niedrig taxieren, wie du willst — und auch über deine Menschenrechte wollen wir uns nicht streiten. Fest steht nur: wir sind miteinander verheiratet, und du bist mir davongegangen . . . (Bewegung Theklas) nun ja, von mir weggezogen; auf das Wort kommt es ja nicht an. Darüber wollt' ich mich einmal mit dir aussprechen, ganz freundschaftlich, in unsrem beiderseitigen Interesse. Hättest du dich bisher nicht so verbarrikadiert, so könntest du längst Ruhe vor mir haben.

Thekla.

O, ich weiß ja sehr genau, was du willst!

Hilbebrand.

Das kannst du nicht gut wissen, denn das weiß ich selber noch nicht. Das einzige, was ich wollte, ist diese Unterredung.

Thekla.

Gut denn, ich gewähre sie dir. (Setzt sich.)

Hilbebrand.

Verbindlichen Dank.

Thekla.

Denn ich habe nachgerade selbst erkannt: es muß etwas Definitives geschehen.

Hilbebrand.

Ganz einverstanden. — Da wäre zum Beispiel unter anderen Möglichkeiten bie, baß bu zu mir zurückkehrst.

Thekla.

Nein, das ist ausgeschlossen.

Hilbebrand.

Ausgeschlossen, schön. Ich habe bir schon durch Fräulein Karsten sagen lassen: zwingen werd' ich dich nicht.

Thekla.

Wäre auch noch besser!

Hilbebrand.

Nicht einmal überreden. Du fühlst dich nun einmal wohl bei dieser Lebensweise ...

Thekla (geärgert).

Wer hat dir gesagt, daß ich mich wohl fühle?

Hildebrand.

So? Ich dachte, das sei eigentlich der Grund ... Und
außerdem, ich könnt' es dir nicht verargen, wenn es dir hier
im Hause gefällt.

Thekla.

Es gefällt mir hier aber gar nicht!

Hildebrand.

Also hier auch nicht? Warum denn nicht? Das sind
doch Leute, mit denen sich leben läßt ... und ich war ordentlich froh, daß du in so guter Gesellschaft ...

Thekla (steht auf).

Aha, du ergreifst für sie Partei; du hältst ihnen die
Stange. Ihr seid wohl bereits ein Herz und eine Seele?
Das konnt' ich mir so beiläufig denken! Das ist ganz und
gar ein Milieu nach deinem Geschmack. (Geht nach rechts und
setzt sich Mitteltisch rechte Seite.)

Hildebrand.

Aber Thekla — nun thust du ja grade, als hätte ich
dich hierhergebracht. Daran bin ich doch eigentlich un-
schuldig; das mußt du selber sagen.

Thekla.

Zur Sache, wenn ich bitten darf.

Hildebrand.

Jawohl. Also — das Definitive. Wie stellst du dir das vor?

Thekla.

Dein eigenes Benehmen hat mir gezeigt, daß diese Situation nicht fortdauern kann. Sie ist unhaltbar wie jede Halbheit. — Vor allen Dingen mußt du mich in förmlicher Weise freigeben, damit ich im stande bin, zu wählen.

Hildebrand.

Zu wählen zwischen mir und . . .?

Thekla.

Und — der Freiheit.

Hildebrand.

Also kein Dritter im Bunde?

Thekla (aufstehend).

Unwürdiger Verdacht!

Hildebrand.

Ich habe keinen Verdacht; ich fragte nur. Denn das wäre ja ein ganz andrer Fall. — Dich förmlich freigeben — das heißt doch, ich soll einwilligen in unsre Scheidung?

Thekla.

In unsre Scheidung, ganz richtig. (Geht hinten herum zum Sopha.)

Hildebrand.

Und du glaubst, daß du dich dann wohl fühlen wirst?

Thekla.

Komm mir doch nicht immer mit wohl fühlen! Ich habe gar nicht die Absicht, mich wohl zu fühlen. Ich will mir nur die Möglichkeit erringen, ganz ich selbst zu sein. (Setzt sich auf das Sofa.)

Hildebrand.

Ganz du selbst. Das heißt, in meine Sprache übersetzt: Du willst dich auf eigene Füße stellen.

Thekla.

Das will ich.

Hildebrand.

Und wenn es dir nicht gelingt?

Thekla.

Das laß nur meine Sorge sein.

Hildebrand.

Das wäre allerdings das bequemste. Aber so leicht nehme ich die Pflichten doch nicht, die ich damals auf dem Standesamt übernommen habe. Damals habe ich versprochen, daß ich für dich sorgen werde, und ich hab' es bis jetzt nach Kräften gethan . . .

Thekla.

Das muß ich mir auch noch vorhalten lassen!

Hildebrand.

Nein, um Gotteswillen! Aber überlege doch nur einmal! Wenn deine Exaltiertheit vorbei ist und du den kalten, nüchternen Thatsachen gegenüberstehst . . .

Thekla.

Ich habe genug, um zu leben.

Hildebrand.

Um so zu leben wie bisher, haft du nicht genug. (Setzt sich auf einen Fauteuil.)

Thekla (wird stutzig).

Wieso? Ich dachte doch . . .

Hildebrand.

Nehmen wir an, du bekommst von mir im Fall unsrer Scheidung deine Mitgift zurück — selbstverständlich — und außerdem noch eine Rente aus meinem eigenen Kapital, so hoch als irgend möglich, dann hättest du doch kaum die Hälfte von dem, was du bisher gebraucht hast.

Thekla.

Kaum die Hälfte? Das verstehe ich nicht. Willst du mir nicht erklären . . .

Hildebrand.

Das ist doch sehr einfach. Bisher habe ich auch noch für dich gearbeitet — ausschließlich für dich. Das würde dann eben wegfallen.

Thekla.

Ich werde selbst für mich arbeiten.

Hildebrand.

Alle Achtung! Sich selbst sein Brot verdienen, ist ja immer etwas sehr löbliches; und besonders bei Frauen, da halte ich es für doppelt anerkennenswert, weil es doppelt schwierig ist. Aber dazu gehört ganz außerordentlich viel Kraft und Fleiß und Ausdauer ...

Thekla.

Die hab' ich.

Hildebrand.

Möglich. Ich habe nur bis jetzt davon noch nichts gesehen. Den ganzen Tag auf dem Sofa liegen und lesen ...

Thekla.

Schmähe nicht wieder meinen geistigen Durst!

Hildebrand.

Aber der stillt doch nicht deinen leiblichen Hunger. Und auch sonst hast du eine ziemliche Anzahl von Bedürfnissen ...

Thekla (springt auf und kommt nach vorn).

Mein erstes Bedürfnis ist Luft, Luft, Luft ...!

Hildebrand (folgt ihr).

Also Luft. Und die hast du bei mir nicht gehabt? Hab' ich dir denn nicht alles zuliebe gethan? Hab' ich denn nicht jeden deiner Wünsche befriedigt, all deine Launen geduldig ertragen? Alles war nach dir zugeschnitten — unser Haus, unser Leben, unser Verkehr. Du hattest mehr Freiheiten als irgend eine Frau in der Welt — und doch verlangst du jetzt Luft! Dir ist es eben einfach dein ganzes Leben lang zu gut gegangen.

Thekla.

Mir zu gut gegangen! Das muß ich mir nochmals anhören — diese krasse Verständnislosigkeit! Was ist denn all der äußerliche Tand, verglichen ...

Hildebrand.

Mit dem innerlichen Tand.

Thekla.

... mit den Qualen meiner Seele. Davon sprichst du nicht; das ist bei dir Nebensache. Hast du denn überhaupt jemals Sinn gehabt für mein tiefes Weh?

Hildebrand.

Nein — dafür hab' ich keinen Sinn gehabt — das gesteh' ich. Du warst gesund, schliefst meistens famos; dein Appetit war auch nicht schlecht; du dachtest immer an Gesellschaften und Amüsement — und dabei hast du in einem fort geseufzt und gewimmert.

Thekla.

Ich habe eben ein Herz für das allgemeine Elend.

Hildebrand.

Was das betrifft — das hab' ich auch — mindestens so wie du. Ich gebe mir sogar Mühe, es zu mildern. Ich bin bei allen Wohlthätigkeitsvereinen vornan. Frag mein Personal; frag meinen untersten Packknecht, ob ich kein Herz für sie habe. Und ich hätte gerne noch mehr, noch viel mehr gethan, wenn du nicht so viel für dich gebraucht hättest.

Thekla.

Ein edler Vorwurf! — Und deine ewige Heiterkeit, wie willst du die rechtfertigen?

Hildebrand.

Ja, wenn ich das Elend damit aus der Welt schaffen könnte, daß ich den ganzen Tag seufzte, dann würd' ich

augenblicklich damit anfangen — augenblicklich. Es ist schon
genug, daß die Leute seufzen, die Grund dazu haben. Wenn
die paar Menschen, denen es gut geht, auch noch lamentieren
wollen, das könnte ja hübsch werden.

Thekla.

Wie flach! — Aber was diskutir' ich überhaupt noch mit
dir? Ich weiß ja nicht erst seit heute, daß du meinem Ge=
dankenleben nicht zu folgen vermagst. (Geht nach rechts.)

Hildebrand.

Das ist also der einzige Grund, weshalb du dich von
mir getrennt hast: weil ich ein solcher Schafskopf bin?

Thekla.

Weil ich bei dir verkümmert wäre, zu Grunde gegangen.
Weil du nur mein Mann warst, aber niemals mein Kamerad.

Hildebrand (ihr näher tretend).
Was ist das?

Thekla.

Hast du eine Ahnung, was Kameradschaft ist zwischen
Mann und Weib? Jene innere Harmonie? Jenes geistige
Durchdringen? Jene gegenseitige Förderung? Jenes gemein=
same Streben und Schaffen?

Hildebrand.
(spielt unwillkürlich mit den Schulheften).

O, das kann ich mir sehr gut vorstellen — ausgezeichnet
sogar. Aber wenn wir Zwei keine solchen Kameraden ge=
worden sind, liegt da die Schuld nur an mir?

Thekla.

An wem sonst?

Hildebrand.

Hast du dich denn jemals um mein Streben und Schaffen bekümmert?

Thekla.

Um deine Teppiche! Das hast du mir ja neulich schon nahegelegt.

Hildebrand.

Weil du immer jammertest, du hättest nichts zu thun.

Thekla.

Ich meine das in einem höheren Sinn! — Noch einmal denn: wirst du mich freigeben?

Hildebrand.

Aber mein liebes Kind, bedenke doch nur ...

Thekla.

Nenne mich nicht dein liebes Kind! Ich bin kein Kind.

Hildebrand.

Ja, und lieb bist du eigentlich auch nicht.

Thekla.

Laß die Scherze und gieb mir eine endgültige Antwort.

Hildebrand.

Ich wiederhole dir, es wäre geradezu ein Verbrechen von mir, jetzt zu etwas meine Zustimmung zu geben, was du vielleicht dein ganzes Leben zu bereuen hättest.

Thekla (in steigender Erregung).

O — ich verstehe, du willst mich knebeln; du willst mich festhalten mit Gewalt! Ich bin dir eine Gewohnheit, auf die du nicht verzichten magst ...

Hildebrand.

Du täuschst dich vollständig. Als ein besonderes Vergnügen kommt mir unsre Ehe schon lang nicht mehr vor. Und daß es jemals wieder so werden könnte, wie es war — in der ersten Zeit, in der allerersten ...

Thekla.

Otto, ich bitte dich, werde nicht auch noch sentimental!

Hildebrand.

Sentimental, wenn ich dich erinnere ...

Thekla.

Ich will nicht erinnert sein.

Hildebrand.

Auch gut. Das alles soll vergessen sein, ausgelöscht, nie dagewesen. Aber trotzdem will ich nicht die Frau, mit der ich sieben Jahre lang gelebt habe, so leichten Kaufs ihrem Schicksal überlassen.

Thekla.

Redensarten, um deine Tyrannei zu maskieren, deinen fanatischen Despotismus! Aber ich werde dir die Freiheit abtrotzen — Aug' um Auge, Zahn um Zahn.

Hildebrand (sich an den Kopf fassend).

Herrgott, das ist ja lauter hirnverbranntes Zeug!

Thekla.

Glücklicherweise giebt es noch Leute, die meine Reden nicht für hirnverbrannt halten, sondern ihnen mit Dankbarkeit lauschen.

Hildebrand.

Und mit diesen verkehrst du?

Thekla.

So viel als möglich.

Hildebrand.

Himmlischer Vater, das fehlte noch!

Thekla.

Ich habe lange genug einsam studiert und gedacht. Ich brauche ein Echo. Ich bedarf auch persönlicher Anregungen, bedarf gleichgestimmter Freunde — und mit solchen werde ich heute dinieren.

Hildebrand.

Das willst du thun?

Thekla.

Es sind auch Damen dabei.

Hildebrand.

Und wenn ich dich bitte . . .

Thekla.

Keine Knechtungsversuche mehr! Ich verkehre mit wem ich will. Ich speise mit wem ich mag.

Hildebrand.

Also auch eine Rücksicht erkennst du nicht mehr an zwischen zwei Menschen, die denselben Namen tragen?

Thekla.

Nein.

Hildebrand.

Ei zum Kuckuc, dann seh' ich aber nicht ein, warum ich noch länger so viel Rücksicht nehme, warum ich nicht auch in Gesellschaft gleichgestimmter Freunde biniere!

Thekla.

Thu das, meinetwegen.

Hildebrand.

Das werd' ich; das werd' ich; darauf kannst du dich verlassen. — Thekla, überleg es dir noch einmal gründlich — alles, was ich dir gesagt habe. Ueberschlaf es. Ich komme morgen ...

Thekla.

Schon wieder?

Hildebrand.

Zum letztenmal. Ich komme, und hole mir deinen Be= scheid. (In leichterem Ton.) Und falls du Geld brauchst, ich habe die Bank angewiesen ... Adieu. (Er wendet sich zum Gehen.)

Thekla.

Adieu. (Es klopft.) Herein!

Neunter Auftritt.

Vorige. Wulff.

Wulff

(in Gesellschaftstoilette; beim Anblick Hildebrands unangenehm überrascht).

Pardon, wenn ich stören sollte ...

Thekla.

Sie stören gar nicht, Herr Doktor. Ich erwartete Sie. (Zu Hildebrand.) Du kennst ja Herrn Doktor Wulff, meinen Lehrer?

Hildebrand (sich leicht verbeugend).

Ich kenne ihn nur als deinen Tischherrn.

Wulff (gezwungen lächelnd).

Eines ergab sich aus dem andern.

Hildebrand.

Lehrer — und nun wohl auch einer von den gleich- gestimmten Freunden?

Thekla.

Allerdings, auch mein Freund.

Hildebrand
(stutzt einen Augenblick, dann mit Entschiedenheit).

Auf morgen, Thekla, auf morgen! — (Ab.)

Zehnter Auftritt.

Thekla. Wulff. (Im Verlaufe dieser Scene beginnt es allmählich zu dämmern.)

Wulff
(sieht Hildebrand ungewiß nach, richtet dann einen fragenden Blick auf Thekla).

Auf morgen? — —

Thekla (setzt sich Mitteltisch rechte Seite).

O mein teuerster Freund, was hab' ich erlebt! Nicht umsonst hab' ich diese Begegnung gefürchtet.

Wulff (setzt sich Mitteltisch, Rückseite).

Sie erschrecken mich. Was will er denn morgen? Er fordert wohl gar, daß Sie sich von ihm scheiden lassen?

Thekla.

O ganz im Gegenteil! Er hält mich gewaltsam fest; er umklammert mich; er fiebert nach mir . . .

Wulff (aufatmend).

Ah so! — Ein naheliegender seelischer Vorgang. Auf eine solche Frau verzichtet man nicht so leicht.

Thekla.

Und ich soll ächzen unter diesem Joch bis an mein Lebensende! Ich werde darunter zusammenbrechen, ich . . . (Sie beißt auf ihr zusammengeballtes Taschentuch.)

Wulff.

Fast erkenn' ich meine philosophische Freundin nicht wieder. Sonst standen Sie immer hoch über Ihrem Schmerz.

Thekla.

Könnten Sie mich nur lehren, ihn zu bewältigen.

Wulff.

Soviel ich in raschen Linien mir kombiniere, haben Sie selbst die Scheidung verlangt. (Zustimmung Theklas.) Das war — wenn Sie mir den Ausdruck verzeihen — eine Zweck= widrigkeit, mindestens ein politischer Fehler.

Thekla.

Wieso?

Wulff.

Sie haben damit indirekt zugestanden, daß Sie sich überhaupt noch abhängig von ihm fühlen.

Thekla.

Bin ich es denn nicht auch?

Wulff.

Als Sie den heldenmütigen Schritt begingen, ihn zu verlassen, da sprach Ihr Gefühl richtiger. Damals erkannten Sie in der Trennung die vollständige Freiheit, und Sie waren entschlossen, sie unerschrocken auszunützen.

Thekla.

Aber das Martyrium dieser Wochen, dieser qualvollen Wochen hat mir ja gezeigt, was das für eine Freiheit ist. Ich bin schutzlos gegen seine beständigen Ueberfälle ...

Wulff.

Das wird er mit der Zeit schon müde werden.

Thekla.

Und was ist das überhaupt für ein Leben? Ich kampiere hier wie ein Student; ich esse im Restaurant; sogar meinen Umgang mit Ihnen muß ich auf das Aeußerste beschränken.

Wulff (seufzend).

Wer leidet darunter mehr als ich!

Thekla.

... Ich finde noch immer keine passende Wohnung. Das ist alles so spießig, so lieblos, so dutzendmäßig ...

Wulff.

Für Dutzendmenschen. Ja, Sie brauchen intime Räume, eine persönliche Einrichtung, individuelle Möbel — so wie in meinem stillen Tuskulum.

Thekla.

Sie sollen ja fürstlich eingerichtet sein.

Wulff.

Man schmückt seine Werkstatt, so gut man kann. Darauf hielt schon Plato. — Wann werden Sie endlich dieses beschauliche Heim durch Ihre Gegenwart verschönern?

Thekla.

Aber das geht doch nicht! — Ich bei Ihnen?

Wulff.

Sehen Sie? Was Ihnen jetzt noch fehlt, ist weniger die äußere Freiheit als die innere. Sie scheren sich noch um die Zuckungen einer absterbenden Moral.

Thekla.

O nein. Aber gerade weil ich Ihr Kamerad sein und bleiben will ...

Wulff.

Und wenn Sie nun auch geschieden würden, was wäre damit gewonnen? Würde dadurch nur eine einzige jener Mißhelligkeiten beseitigt?

Thekla.

Dann — ja dann ...! Aber wozu sprechen wir von einer Unmöglichkeit! (Ist aufgestanden und nach links gegangen.)

Wulff.

Sie sind also fest überzeugt, daß Ihr Mann sich unter keiner Bedingung von Ihnen scheiden läßt?

Thekla.

Unter keiner Bedingung. (Setzt sich vorn links.)

Wulff.

Dessen sind Sie ganz gewiß?

Thekla.

Leider ganz gewiß.

Wulff (in durchaus verändertem Ton, emphatisch).

Thekla! —

Thekla (erstaunt und erschrocken).

Herr Doktor ...?

Wulff.

Thekla — ich kann diese kalte Sprache nicht länger fortsetzen! Sie wissen es ja selbst, was Sie mir geworden sind — mein zweites Ich, meine weibliche Ergänzung. Sie sind das Weib, das mir zeitlebens gefehlt hat; ja noch mehr, Sie sind das Weib als solches! Worüber wir sonst, worüber wir eben noch gesprochen, ich weiß es nicht mehr. Der dämonische Zauber Ihres Wesens hat all meine Gedanken dicht umsponnen. Ich bin und lebe nur noch in Ihnen. Geben Sie mich mir selbst zurück! (Hat sich zu ihr gesetzt.)

Thekla.

O mein Freund, nun ist es mit unsrer Kameradschaft zu Ende. —

Wulff.

Ist die höchste Form der Liebe nicht Kameradschaft? Ist die höchste Form der Kameradschaft nicht Liebe?

Thekla.

Aber könnte nicht der Geist allein . . .?

Wulff.

Liebe ist Durchgeistigung des Leibes. Unsre Geister lieben sich, begehren sich, sehnen sich nacheinander . . .

Thekla.

Was Sie mir da sagen, ist süß und schrecklich zugleich. Ach, warum haben wir uns nicht sieben Jahre früher kennen gelernt!

Wulff.

Wir mußten erst Beide irren und leiden, um füreinander reif zu werden.

Thekla.

Und doch — ist es nicht namenlos entsetzlich, zu denken, daß wir dazu bestimmt gewesen, einen wahrhaft idealen Bund zu gründen, einen Seelenbund, und daß nur ein jammervolles Verhängnis . . . O, ich fühle es, an meiner Seite wären Sie kein prinzipieller Gegner der Ehe geworden.

Wulff (tonlos).

Ja, das ist leider nicht mehr zu ändern.

Thekla.

Stellen Sie sich nur vor: Ich in Ihrem traulichen Heim Ihre Mitarbeiterin, vor aller Welt Ihre ebenbürtige Genossin . . .

Wulff.

Aber das ist ja unmöglich; so sagten Sie selbst!

Thekla.

Unmöglich. Aber verlockend, bezaubernd — nicht wahr?

Wulff (etwas ungeduldig).

Gewiß, gewiß. Nur wollen wir jetzt an das Mög=
liche denken.

Thekla.

Was giebt es noch, da ich nicht frei bin — was sonst,
als gemeinsame Selbstvernichtung?

Wulff.

Und unsre Aufgaben? Unsre Entdeckungen? (Steht auf.)
Nein, Menschen wie wir haben die Pflicht, zu leben. Es ist
eine schwere, eine erdrückende Pflicht; aber — wir haben sie.

Thekla.

Und dennoch uns nicht dauernd angehören dürfen!

Wulff.

Dauernd? (Setzt sich nieder.) Was ist dauernd in dieser
eitelsten aller Welten? Ist nicht selbst der wüste Traum, den
wir Leben nennen, nur eine lächerliche kurze Unterbrechung
des Nichtseins? Nein, Thekla, eine Minute des Rausches
ist besser, als eine gähnende Ewigkeit.

Thekla.

Aber, wenn diese Minute vorüber ist . . .

Wulff.

Dann ein neuer Rausch — eine Kette ohne Ende. Was der mühseligen Forschung immerdar verschlossen ist, es würde offen liegen vor unsern trunkenen Blicken . . .

Thekla.

Und die Ernüchterung, die unausbleiblich jedem Rausche folgt? Haben Sie das nicht in Ihren Schriften gepredigt?

Wulff.

Bitte — nur dem Sinnesrausch. Aber wenn die Seele mitberauscht ist . . . Thekla, Sie haben nur noch nicht den vollen Mut, auf die Höhe Ihrer eigenen Natur zu steigen. Schrecken Sie vor den letzten Schlüssen Ihrer scharfen Erkenntnis nicht zurück! Nur noch ein Schritt, und Sie sind ganz, was Sie sein wollen. Wenn Sie mir heute folgen werden in unsre kleine Gesellschaft moderner Geister, da finden Sie niemand, der auf halbem Wege stehen geblieben ist. Folgen Sie mir dann noch weiter, wohin ich Sie führe! Folgen Sie mir von dort getrost in meine verschwiegene Werkstatt . . .

Thekla.

Heute Abend?

Wulff.

Ja, heute, heute! — Thekla, wollen Sie?

Thekla (sanft).

Nein, teurer, lieber Freund, das will ich nicht.

Wulff.

Nicht?! Sie, die kühne Verfechterin des Ungewöhnlichen . . .

Thekla.

Aber gerade das, was Sie verlangen, kommt mir nicht genügend ungewöhnlich vor. — Verstehen Sie mich nicht falsch! Halten Sie mich beileibe nicht für eine Philisterin! Ich kann Ihnen ja so vollständig nachempfinden. — Nur in einem täuschen Sie sich, meiner Ueberzeugung nach: Ich glaube nicht, daß dieser Weg der richtige ist, um unsre Kameradschaft zu festigen ...

Wulff.

Ich sehe keinen andern.

Thekla (strahlend).

Aber ich! (Aufspringend.) Nun hab' ich ihn gefunden. Wir waren beide blind — und er liegt doch so nahe! — „Die schmerzliche Wollust des Entsagens" — war es nicht so, wie Sie ein Kapitel überschrieben?

Wulff (ist mit aufgestanden, ärgerlich).

Aber das paßt doch gar nicht hierher.

Thekla.

Es paßt — ich versichere Ihnen. Es paßt wunderbar! Jahre können vergehen im Kampfe um meine Freiheit ...

Wulff.

Aber dieser Kampf ist doch vergeblich!

Thekla.

Ich werde ihn jedenfalls fortsetzen. Und innerhalb dieser ganzen Zeit werden wir einander immer neu bleiben. Keine Ernüchterung; keine Ermattung! Eine maßlose Seligkeit

unerreichbar vor Augen, werden wir eine Sensation durch=
kosten, wie sie wenigen Menschen beschieden gewesen. Wir
werden beisammen sein, so oft wir können, und dennoch nur
Kameraden bleiben. Ist das nicht groß, nicht erhaben? Ist
das nicht tausend Schmerzen wert? Und wenn ich endlich
doch frei werden sollte . . .

Wulff (stößt einen ungeduldigen Seufzer aus).

Ach! — —

Elfter Auftritt.

Vorige. Frau Moebius.

Frau Moebius

(von hinten links, geht zum Büffet und entnimmt Tischzeug).

Bitte um Vergebung; ich muß jetzt den Tisch decken.
(Sie räumt die Hefte beiseite und beginnt damit, dem Publikum den
Rücken kehrend. Zu gleicher Zeit hört man hinten links Kinderlachen.)

Thekla (zu Wulff, im Vordergrund).

Da haben wir wohl schon die Zeit verpaßt. Ich werde
mich noch umkleiden müssen.

Wulff.

Warum denn? Die andern Damen werden auch nicht
in großer Toilette sein. Wir sind ja ganz unter uns, in
einem abgesonderten Stübchen. Und wenn wir nicht sehr
verspätet eintreffen wollen . . .

Thekla.

Nun gut denn, auf Ihre Verantwortung.

Wulff

(merklich abgekühlt, hilft ihr mit einer ärgerlichen Bewegung den Mantel umnehmen).

Also — dann kommen Sie.

Thekla.

Sind Sie verstimmt, mein Freund? Zürnen Sie mir?

Wulff.

Es ist das erste Mal, daß ich einen fundamentalen Gegen=satz unsrer Anschauungen entdecke. Aber ich hoffe zuversicht=lich, ich hoffe es von Ihrem gesunden Naturell, Ihrer klaren Einsicht, daß Sie sich doch noch zu meinem Standpunkt bekehren.

Thekla.

Herrlich! Herrlich! In einem solchen Kontrast liegt noch mehr Anziehungskraft als in der ewigen Uebereinstimmung. Auch ich werde versuchen, Sie zu bekehren . . .

Wulff (im Abgehen, dozierend).

Ich finde, daß die allererste Bedingung . . . (Beide ab.)

Zwölfter Auftritt.

Frau Moebius. (Gleich darauf) **Gertrud. Anna. Therese.**

Frau Moebius (geht zur Thür rechts hinten, öffnet und ruft).

Nun sind sie weggegangen. (Sie zündet den Kronleuchter an, zieht die Rouleaux an den Fenstern zu und fährt fort, den Tisch zu decken.)

Gertrud

(von rechts hinten, eilt zur Eingangsthür und führt Anna und Therese herein, zwei ärmlich gekleidete Schulmädchen von ungefähr acht Jahren).

So, Kinder, jetzt dürft ihr hier hereinkommen. (Die beiden

schauen sich neugierig um. Sie nimmt vom Schreibtisch ein großes
Bilderbuch.) Da seht euch einstweilen die schönen Bilder an.
(Sie legt das Buch aufgeschlagen auf den Diwan; die Kinder hocken sich
davor und betrachten es.) Habt ihr eure Aufgaben für morgen
schon gemacht?

Anna (schüchtern).

Ja.

Gertrud.

Und du, Therese? Noch nicht? Warum nicht?

Therese.

Ich mußte für Mutter die Wäsche abliefern.

Gertrud.

Ist Mutter noch immer krank? Na, dann wollen wir's
für morgen gut sein lassen. — Habt ihr Hunger? (Beide nicken
eifrig.) Das ist die Hauptsache. (Zu Frau Moebius.) Liese, du
willst ja für sechs decken? Frau Hildebrand ißt doch nicht
mit. (Hilft ihr beim Decken.)

Frau Moebius.

Aber der Herr Hildebrand.

Gertrud.

Ach nein, wirklich?

Frau Moebius.

Im Fortgehn hat er mir gesagt, daß er die Einladung
annimmt, und pünktlich um sechs wird er hier sein.

Gertrud (sehr erfreut).

Das ist aber nett von ihm. Das ist reizend! Und wie
schön, daß wir gerade heute den Hammelbraten haben. —
Warum machst du denn so ein ernstes Gesicht, Liese?

Frau Moebius (elegisch).
Ach, seit ich weiß, was das Leben wert ist . . .

Gertrud.
So, weißt du das jetzt?

Frau Moebius.
Keinen Pappenstiel ist es wert.

Gertrud.
Das steht in deinem Buch?

Frau Moebius.
Und die Frau Hildebrand sagt es auch immer. — Seit
die Frau hier im Hause ist . . .

Gertrud.
Was ist denn da?

Frau Moebius.
Seitdem hab' ich die Melancholie. —

Gertrud.
Schrecklich! Da muß ich wirklich versuchen, dich aufzu-
heitern. (Die Kinder lachen.) Was habt ihr denn, Kinder?

Anna, Therese (deuten auf das Bilderbuch).
Der Tanzbär!

Gertrud (geht zu ihnen).
Ja wohl, der ist lustig. — Schau mal, Liese, wenn so
ein armer Tanzbär lustig ist . . .

Frau Moebius
(mit Decken fertig, schüttelt den Kopf und geht ab).

Gertrud (zeigt auf eine andre Stelle des Bildes).
Und wie nennt man das hier? Wer weiß es?

Therese (streckt, wie in der Schule, den Finger in die Höhe).

Gertrud.
Hier brauchst du den Finger nicht hoch zu heben. Nun?

Therese.
Ein Karussell.

Gertrud.
Ganz richtig.

Dreizehnter Auftritt.

Vorige. Hildebrand.

Hildebrand (durch die Eingangsthür; etwas kleinlaut).
Guten Tag.

Gertrud (geht ihm entgegen).
Schön, daß Sie doch gekommen sind.

Hildebrand.
Ich hab' mir's überlegt. Einmal muß ich doch auch gemütlich mit Ihnen zusammen sein, nicht immer so wie im Wartesaal.

Gertrud.
Sie machen uns eine große Freude.

Hildebrand.

Und dann — als sparsamer Hausvater ... Ich esse die Portion, die für meine Frau bestimmt war.

Gertrud (heiter).

Ja, darauf haben Sie einen rechtlichen Anspruch. — Das hier ist die Anna, und das die Therese — zwei brave Mädchen. — Gebt dem Onkel eine Hand. (Die Kinder folgen.)

Hildebrand (kneift sie in die Wangen).

Anna und Therese, habt ihr denn auch das gute Fräulein lieb?

Anna.

So lieb wie Mutter. (Therese stimmt zu.)

Hildebrand.

Das ist recht. (Er setzt sich links neben die Kinder auf den Diwan.)

Gertrud.

Haben Sie etwas erreicht vorhin? (Setzt sich rechts neben die Kinder auf den Diwan).

Hildebrand.

Nicht das mindeste. — Kennen Sie den Doktor Wulff?

Gertrud.

Sehr oberflächlich.

Hildebrand.

Wie finden Sie ihn? — (Gertrud schweigt.) Ganz meine Ansicht.

Gertrud.

Was ist er denn eigentlich?

Hildebrand.

Der Erbe eines sehr großen Vermögens. Außerdem läßt er sich einen Philosophen schimpfen.

Gertrud.

Ich hätt' ihn für einen Nichtsthuer gehalten.

Hildebrand.

Darin besteht ja eben seine Philosophie.

Anna (deutet auf eine andre Seite des Bilderbuchs).

Was ist das da, Fräulein?

Gertrud (sieht hinein).

Das ist ein Brautpaar.

Hildebrand (ebenso).

Seht ihr — die Braut im weißen Schleier — und der Bräutigam mit schönen roten Backen.

Gertrud.

Herrgott, wenn ich Sie wäre, Herr Hildebrand . . .

Hildebrand.

Was thäten Sie dann?

Gertrud.

Ich würde mir mein Lebensglück nicht aus den Händen reißen lassen. (Zu den Kindern, welche weiter geblättert haben und lachen.) Hübsch — nicht wahr? — (Zu Hildebrand.) Ich würde dafür kämpfen; ich würde mich wehren . . .

Hildebrand.

Dazu bin ich auch jetzt entschlossen. Ich wehre mich. Zahn um Zahn, hat sie zu mir gesagt. Ich sage: Mittagessen gegen Mittagessen!

Gertrud.

Noch ganz anders!

Hildebrand.

Noch ganz anders.

Gertrud (aufstehend, zu den ängstlich gewordenen Kindern). Der Onkel thut euch nichts.

Hildebrand
(gleichfalls aufstehend, noch in seinem aufgeregten Ton). Nein, der Onkel thut euch nichts.

Gertrud.

Setzt euch jetzt an den Tisch! (Sie hilft ihnen die beiden Plätze mit dem Rücken gegen das Publikum einnehmen, legt der Kleineren ein Kissen unter, bindet dann Therese die Serviette um.)

Hildebrand (bindet Anna die Serviette um).

Gertrud (lachend). Sie machen sich ja immer mehr unentbehrlich.

Hildebrand.

Sie würden mir ja auch beistehen, wenn Sie könnten.

Gertrud.

Das würd' ich. Mein Wort darauf.

Frau Moebius
(kommt mit der Suppenschüssel, stellt sie auf den Tisch, geht wieder ab).

— 126 —

Gertrud (eilt zur Thür rechts hinten, ruft hinein).

Vater, die Suppe ist da. (Dann zu Babettens Thür.) Fräulein Seiler, die Suppe!

Vierzehnter Auftritt.

Vorige. Karsten (und) Babette (kommen gleichzeitig heraus).

Hildebrand (verbeugt sich vor Babette).

Gertrud.
Sieh nur mal, Vater, die Ueberraschung.

Karsten.
Potztausend, unser Freund Hildebrand! Sie sind ein famoser Kerl. Gibt's auch was Ordentliches, Trude?

Gertrud (flüstert ihm ins Ohr).
Hammelbraten.

Karsten (ebenfalls flüsternd).
Mein Leibgericht.

Hildebrand.
Nur keine Umstände!

Karsten.
Kommen Sie her, Teuerster. (Faßt ihn unter den Arm und führt ihn an den Tisch; setzt sich rechte Schmalseite.)

Gertrud
(nimmt Babette, welche die Kinder gestreichelt hat, ein wenig beiseite).
Sie haben hoffentlich gegen unsern Gast nichts einzuwenden.

Babette.

Im Gegenteil, Sie kennen ja meine Schwärmerei für alles Romantische. (Setzt sich neben Karsten, dem Publikum zugewendet.)

Gertrud (zu Hilbebrand).

Wollen Sie hier Platz nehmen? (Sie deutet auf den gleich= falls dem Publikum zugewendeten Sitz neben Babette, setzt sich dann neben ihn, linke Schmalseite, teilt Suppe aus, jetzt und später besonders für die Kinder sorgend.) Wohl bekomm's.

(Pause, während der alle sechs eifrig Suppe essen.)

Karsten.

Ich rechne Ihnen das hoch an, mein lieber Hilbebrand — sehr hoch.

Hilbebrand.

Was denn?

Karsten.

Daß Sie Ihre anfänglichen Bedenken überwunden haben, nur um nachher in aller Ruhe meine Entwürfe zu sehen. Das nenn' ich wirkliches Interesse.

Hilbebrand.

Ja wohl, ja freilich. (Zu den Kindern.) Schmeckt's? (Sie nicken.) Haha, das glaub' ich. Und außerdem — Ihre Tochter und ich, wir sind jetzt so ein paar Verschworene, und zu einer richtigen Verschwörung gehört ein Gastmahl.

Babette.

Auf meine Verschwiegenheit dürfen Sie rechnen.

Hilbebrand.

Wie meinen Sie das, mein Fräulein?

Babette.

Ihre Gattin soll doch wohl nicht erfahren . . .

Hilbebrand.

Daß ich hier esse? Warum benn nicht? Ich weiß ja auch, wo sie ißt. Meine Frau unb ich — wir haben gar keine Geheimnisse voreinanber.

Karsten.

Können Sie kegeln, Hilbebranb? Sie müssen unbebingt in unsern Kegelklub eintreten.

Hilbebranb.

Ich bin wohl noch nicht in genug Vereinen?

Karsten.

Das thut nichts. Wer mein Freunb ist, muß mit mir kegeln.

Gertrub (hat geklingelt).

Frau Moebius
(bringt einen bereits tranchierten Braten unb nimmt Suppenschüssel unb Suppenteller mit hinaus).

Gertrub
(legt ben Kinbern vor, läßt bann bie Schüssel herumgehn).

Karsten (schenkt Wein ein).

Ja, ganz im Ernste, Hilbebranb, so ein Umgang hat mir gefehlt.

Hilbebranb.

Mir auch.

Karsten.

Ich sitze hier jahrein, jahraus nur unter Frauen. Nichts für ungut, Fräulein Seiler ... Ein Mann muß doch auch Männer bei sich sehen ...

Hildebrand.

Nun, darüber konnt' ich nicht klagen. Männer sah ich in meinem Hause genug, aber keine Freunde.

Karsten (das Glas erhebend).

Also — auf gute Freundschaft, Hildebrand!

Hildebrand.

Auf gute Freundschaft! (Allgemeines Anstoßen.)

Gertrud.

Und daß es Ihnen bei uns gefällt. — Nicht zu rasch essen, Kinder.

Hildebrand.

Aber ganz kolossal gefällt es mir!

Karsten.

Wir sind keine Knicker und Knauser, Hildebrändchen. Wir lassen uns nicht lumpen. Wir verstehen zu leben. Nicht wahr, Fräulein Seiler?

Babette.

O, ganz unstreitig.

Karsten.

Ja, ich bin überhaupt ein Genußmensch, ein schändlicher Epikureer. Und wenn ich erst mal durchgedrungen bin ...

Hildebrand (zwischen dem Essen).

Deliciös, dieser Braten, deliciös. Mein Kompliment,
Fräulein Hausfrau.

Gertrud.

Sie haben's gerade gut getroffen.

Hildebrand.

Na, wenn meine Frau eine Ahnung hätte, um was sie
sich da heute gebracht hat . . . Da wäre ich ganz anders!
Wenn ich bei Ihnen in Pension wäre . . .

Karsten.

Können Sie haben, wenn Sie wollen. Sie sind zwar
keine Dame; aber bei Ihnen machen wir 'ne Ausnahme.
Was meinst du, Trude?

Gertrud (lächelnd).

Es sind da nur noch einige kleine Schwierigkeiten . . .

Hildebrand.

Sehr richtig. Aber wissen Sie was? Wenn meine Frau
weiter von mir getrennt bleiben will, dann schlag' ich ihr
einfach vor, mit mir zu tauschen. Sie zieht wieder in unsre
Wohnung; die ist ja so wie so mehr nach ihrem Geschmack
eingerichtet als nach meinem, und ich . . .

Gertrud (hat geklingelt).

Wir wollen vorderhand annehmen, daß Sie beide wieder
drin wohnen werden.

Hildebrand.

Vorderhand, liebes Fräulein, wollen wir uns freuen,
daß wir so fröhlich an diesem Tische sitzen.

Frau Moebius

(hat während des Letzten eine Torte gebracht und sie mit einem leisen
Seufzer auf den Tisch gestellt. Gertrud raunt ihr etwas zu. Dann
nimmt sie den Braten mit hinaus).

Karsten.

Jawohl. So sitzen wir alle am Tisch des Lebens.
Manchem schmeckt's, und manchem schmeckt's nicht — und
andre wieder, denen schmeckt's zu gut, und sie verderben sich
den Magen.

Hilbebranb (auf die Kinder deutend, denen Gertrud vorgelegt hat).
Da sitzen welche, denen es schmeckt.

Babette.

Die lieben Kleinen!

Hilbebranb (zu den Kindern).
Torte, das ist euer Leibgericht, wie?

Gertrud.

Die haben jetzt keine Zeit, Ihnen zu antworten.

Hilbebranb.

Wissen Sie, was meine schönste Kindheitserinnerung ist?
Wie meine Mutter mich zum erstenmal in eine Konditorei
mitnahm.

Gertrud.

Ich habe meist nur davorgestanden und sehnsüchtig hinein-
geschaut; aber das war auch ein Genuß.

Babette.

Für mich war das Schönste, wenn ich . . . wenn ich

mit Bleisolbaten spielen durfte. Und Sie, Herr Karsten, was war für Sie das Schönste?

Karsten.

Ich habe keine blasse Ahnung mehr.

Hildebrand.

Schauderhafte Einrichtung, daß wir nicht ewig Kinder bleiben können.

Babette.

Oder es wieder werden.

Karsten.

Nein, da streik' ich; da mach' ich nicht mit. Wieder so herumlaufen und noch nicht wissen, was man in der Welt zu schaffen hat — danke verbindlichst! Vorwärts kommen, nicht zurückschauen — das ist meine Devise.

Hildebrand.

Aber wenn Sie noch einmal jung werden könnten . . .

Karsten.

Brauch' ich nicht. Denn ich sage: Wer überhaupt alt wird, der ist nie jung gewesen.

Babette.

Herr Karsten steht in den allerbesten Jahren.

Karsten.

Freilich, das junge Volk von heutzutage, das ist schon fünfzig Jahre alt, wenn es auf die Welt kommt. Lauter jugendliche Greise. Aber es gibt auch noch alte Jünglinge, Hildebrand!

Hildebrand.

Gottlob!

Karsten.

Und wenn die Jugend fortwährend über den Verfall lamentiert, dann muß das Alter für den Aufbau sorgen. Da reden und schreiben sie immer von dem alten Jahrhundert. Aber zum Henker, wenn das Jahrhundert alt ist, müssen wir's deshalb auch sein? Ich bin der Mann dazu, die ewige Jugend zu proklamieren; ich will ringsumher festliche Hymnen bauen; ich will Schillers Lied an die Freude in Steine übersetzen. Sehen Sie, wenn Sie's doch einmal wissen wollen: das ist der neue Stil.

Hildebrand.

Ja, wenn das der neue Stil ist . . .

Karsten.

Aber es muß erst eine andre Generation kommen, eine Generation, die wieder die Kraft zur Freude hat. Trude, die mußt du mir erst erziehen.

Gertrud.

O, wenn ich das könnte . . .!

Hildebrand.

Sie können es, Fräulein Karsten, wenn irgend jemand es kann. Denn die Kraft zur Freude — die haben Sie selbst.

Gertrud.

Die hat jeder Mensch, solange sie nicht zerstört wird. Und in dieser Jugend hier, in diesen armen Kindern, da braucht

man sie nicht erst zu pflanzen. Die haben keine Märchen=
bücher; aber sie erfinden sich die Märchen selbst, und das
ganze Leben ist für sie eine große Konditorei, in die sie gern
einmal mitgenommen sein möchten. Wenn ich ihnen das
erhalten könnte — nur das, dann könnte ihnen alle Not
nichts anhaben.

Karsten.

Ja, dann wäre der neue Stil begründet. — Glauben
Sie dran, Hildebrand?

Hildebrand.

Ob ich daran glaube!

Karsten.

Sie sind ein wundervoller Mensch.

Hildebrand.

Und eins trinken wollen wir darauf.

Karsten.

Nein, warten Sie — nicht damit. Trude, wir hatten doch
noch fast eine halbe Flasche Tokaier. Wo ist denn der?

Gertrud (hat sich erhoben).

Hier im Büffet.

Karsten.

Her damit. — Das ist der rechte Saft dafür. — (Schenkt
aus der Flasche, die Gertrud ihm gereicht hat, ein.)

Hildebrand.

Also — der neue Stil — er soll leben!

Babette.

Die ewige Jugend!

Gertrud.

Die Freude!

Karsten.

Die Zukunft!

Babette.

Was wir uns wünschen!

(Gläserklingen.)

Gertrud (hebt die Tafel auf).

Gesegnete Mahlzeit.

Babette, Karsten, Hilbebrand.

Mahlzeit.

Karsten (umarmt Hilbebrand).

So, alter Freund, jetzt sind wir in der rechten Stimmung. Jetzt hol' ich Ihnen die Entwürfe. (Ab rechts hinten.)

Gertrud (hilft den Kindern aufstehen).

Hilbebrand.

Nun kommt einmal geschwind her, ihr beiden — Anna und Therese. Nun wollen wir uns einmal näher treten. Habt ihr schon gelernt, wie Prinzessinnen reiten? Nicht? Dann wird euer Onkel es euch lehren. (Er setzt sie einander gegenüber auf seine Kniee und läßt sie reiten, während Gertrud und Babette sie lachend unter den Armen festhalten. Er singt dazu:)

Hopp, hopp, hopp,
Immer im Galopp,
Ueber Stock und über Stein,
Aber brich dir nur kein Bein . . .

Fünfzehnter Auftritt.

Vorige. Thekla.

Thekla

(tritt während des Gesanges ein, zunächst unbemerkt, und betrachtet sprachlos die Gruppe).

Babette (bemerkt sie zuerst).

Da ist ja Ihre Frau ...

Gertrud (fast gleichzeitig).

Jetzt schon!

Hildebrand

(seinen Gesang abbrechend, mit unwillkürlichem Schrecken).

Ach herrje! (Läßt die Kinder von seinen Knieen gleiten und steht auf. Alle haben sich gleichzeitig umgedreht und blicken verdutzt nach hinten.) Guten Abend, Thekla.

Thekla.

Fräulein Karsten, da ich bis jetzt noch bei Ihnen wohne, so gestatten Sie mir wohl die Frage ...

Gertrud.

Mein Vater hat Herrn Hildebrand zu Tisch eingeladen, gnädige Frau.

Hildebrand.

Ja, und ich habe die Einladung angenommen.

Thekla.

Das ist unerhört!

Gertrud (hat die Kinder bei der Hand gefaßt).

Entschuldigen Sie ... Kommt, Kinder; es ist Zeit für euch. (Sie geht mit ihnen ab links hinten.)

Hilbebrand.

Es thut mir aufrichtig leib, Thekla. Ich wollte dir wirklich heute nicht mehr begegnen — das darfst du mir glauben. Ich kam nur hierher, weil ich wußte — von dir selber, daß du nicht hier sein wirst, und niemand von uns hat geahnt, daß du so frühzeitig wiederkommst. Wenn man zu einem freundschaftlichen Diner geht . . . und es ist ja noch kaum eine Stunde her . . . Aber rege dich nur weiter nicht auf. Ich weiß, was ich dir schuldig bin; ich ziehe mich augenblicklich zurück. (Verabschiedet sich von Babette.) Mein Fräulein.

Karsten (mit einer riesigen Mappe von rechts hinten).

So, mein geliebter Hilbebrand . . .

Thekla (auf ihn zugehend).

Herr Karsten . . .

Karsten (ebenfalls erschreckend).

Potztausend!

Thekla.

Herr Karsten, ich muß mich aufs äußerste beschweren . . .

Karsten (durchaus freundlich).

Bitte, thun Sie das bei meiner Tochter; das ist ihre Sache.

Thekla.

Sie selbst haben doch meinen Mann aufgefordert . . .

Karsten.

Gewiß. Aber nicht, weil er Ihr Mann ist; mein Wort darauf. Daran hab' ich gar nicht gedacht. Nur weil er

mein Freund ist, mein lieber, guter Freund. — Kommen
Sie her, Hildebrand; kommen Sie mit in mein Zimmer.
Da werd' ich meine Freunde doch noch empfangen dürfen.

Hildebrand.

Sei ganz unbesorgt, Thekla; ich gehe sofort. (Zu Karsten,
der eine bedauernde Geste macht.) Wir wollen nur noch besprechen,
wann und wo ich Ihre Entwürfe in Ruhe betrachten kann.

Karsten.

Jetzt also nicht? (Hat ihn unter den Arm gefaßt; im Abgehen,
halblaut.) Jammerschade. Wir waren so schön in Stimmung . . .
(Beide ab rechts hinten.)

Sechzehnter Auftritt.

Thekla. Babette.

Thekla
(kommt nach vorn links, läßt sich auf einen Stuhl fallen).

Das übersteigt alles, alles! O, warum ist es uns denn
nur auferlegt, dieses nichtswürdige, erbarmungslose Dasein! —
Er läßt sich hier einladen; er sitzt hier und amüsiert sich,
während ich . . . ich . . . (Die Stimme versagt ihr.)

Babette.

Was ist Ihnen denn geschehen? War es denn nicht
nett in Ihrer Gesellschaft?

Thekla.

Nett?! Ich bin mitten drin vom Tisch aufgestanden
und fortgerannt.

Babette.

Ach nein!

Thekla.

O, Fräulein Seiler, diese Damen, diese Damen, o . . . o . . .

Babette.

Was für Damen?

Thekla.

Fragen Sie mich nicht!

Babette.

Das muß doch sehr romantisch gewesen sein.

Thekla.

Fragen Sie mich nicht!

Babette.

Aber wie konnte dann Herr Doktor Wulff Sie veranlassen . . .

Thekla.

Er war selbst schmerzlich überrascht. Freilich, er hätte sich vorher vergewissern sollen . . . Und nun komme ich verstimmt und verdüstert in meine Wohnung und muß noch erleben, daß mein Mann sich hier vollständig installiert hat, daß dieser Herr Karsten die empörende Rücksichtslosigkeit begeht . . .

Babette (seufzend).

Ich existiere ja auch nicht mehr für Herrn Karsten, seit er seinen Hilbebrand hat.

Thekla (heftig aufstehend).

Aber ich werde dem ein Ende machen — noch heute — auf der Stelle! (Eilt zur Thür rechts hinten, prallt auf Hildebrand.)

Siebenzehnter Auftritt.

Vorige. Hildebrand. (Später) Gertrud.

Hildebrand (kommt zurück).

Ich bitte tausendmal um Verzeihung, Thekla. Aber das Zimmer hat leider keinen Ausgang nach dem Korridor. (Geht nach der Thür, besinnt sich, kehrt um.) Nur noch zwei Worte ... Sie gestatten, Fräulein Seiler ...

Babette.

O bitte, bitte! (Ab in ihr Zimmer.)

Hildebrand (kommt mit Thekla nach vorn).

Ich möchte dich nur noch freundlichst ersuchen: mach deinen Wirten keine weiteren Vorwürfe.

Thekla.

Das ist meine Angelegenheit.

Hildebrand.

Ich versichere dir, sie haben sich absolut nichts Schlimmes dabei gedacht.

Thekla.

So? Und was hast du dir denn dabei gedacht?

Hildebrand.

Genau dasselbe wie du, als du mir sagtest, daß es für dich keine Rücksicht mehr gibt, und als du zu deinen gleichgestimmten Freunden gingst.

Thekla.

Ah, du willst wohl einen kleinen Rachekrieg eröffnen?

Hildebrand.

Durchaus nicht. Aber was dir recht ist, das ist mir doch billig. Du hast eine Individualität — gut; aber ich hab' auch eine. Du bist mir vorangegangen mit dem guten Beispiel der Freiheit; ich folge dir nach. Du hast Anregungen nötig; ich ebenfalls. Jeder nach seinem Geschmack. Und ich hoffe und wünsche aufrichtig, daß du dich grade so gut unterhalten hast wie ich. Hier wenigstens war's ganz reizend.

Thekla.

So? In der That?!

Hildebrand.

Ja, ich bin dir sehr dankbar. Nur durch dich hab' ich ja diese prächtigen Menschen kennen gelernt. Jahrelang hast du mich in Kreise geschleppt, die mir gar nicht behagten; jetzt endlich hab' ich durch deine Vermittlung ein Haus ge= funden, in dem ich mich so recht von Herzen heimisch fühle.

Thekla.

Nun denn — ich räume dir gern das Feld ...

Gertrud (kommt von links hinten).

Thekla.

Gut, daß Sie kommen, Fräulein Karsten. Ich erkläre Ihnen hier vor Ihrem neuen Hausfreund, daß ich morgen diese Wohnung verlasse.

Gertrud.

Ganz wie Sie wünschen, gnädige Frau.

Hildebrand.

Deine alte Wohnung steht dir noch immer zur Verfügung. — (Reicht Gertrud die Hand.) Herzlichen Dank, liebes Fräulein, für den schönen Mittag, und auf Wiedersehen.

Gertrud.

Auf Wiedersehen, Herr Hildebrand.

(Hildebrand ab.)

Achtzehnter Auftritt.

Thekla. Gertrud.

Thekla.

Da wir uns wohl zum letztenmale sprechen, mein Fräulein, so muß ich Ihnen doch noch bemerken: Es ist eine eigentümliche Art, wie Sie unglücklichen Frauen ein Asyl gewähren. Ich habe hier gemietet, ich, um mir ein selbständiges Heim zu schaffen, und wer fühlt sich in Ihrem Hause heimisch? Nicht ich, sondern mein Mann. Diese eine Thatsache ...

Gertrud.

Aber das ist doch nicht meine Schuld, gnädige Frau. Ich habe alles aufgeboten, Sie zufrieden zu stellen ...

Thekla.

Das nennen Sie alles aufbieten? Sie lassen es zu, daß Ihr Herr Vater ihn an diesen Tisch setzt — meinen Mann an diesen Tisch; Sie stellen sich von Anfang an vollständig auf seine Seite, übernehmen ein Vermittleramt, konferieren mit ihm hinter meinem Rücken ...

Gertrud.

Er kam ja Ihretwegen, gnädige Frau, und gewiß in keiner feindlichen Absicht.

Thekla.

Und das war Grund genug für Sie ...

Gertrud.

Grund genug für mich, ihn zu empfangen und anzu-hören.

Thekla.

Haben Sie etwa mich angehört?

Gertrud.

Sie haben mich Ihres Vertrauens ja nicht gewürdigt.

Thekla.

Und aus dieser ganz einseitigen Auffassung heraus über-nahmen Sie den Auftrag, mich durch jedes mögliche Mittel zu meinem Manne zurückzutreiben!

Gertrud.

Gnädige Frau, bedenken Sie doch: Sie waren unsre Pensionärin. Hätte ich wirklich dergleichen gethan, so wäre es ja mehr als uneigennützig gewesen. Aber Sie irren ...

Thekla.

Sie leugnen doch wohl nicht, daß Sie selbst auf diesem Standpunkt stehen? Daß Sie finden, ich könnte nichts Besseres thun als wieder umkehren?

Gertrud (mit Ueberwindung).

Wenn Sie mich fragen, gnädige Frau — ja, das finde ich allerdings.

Thekla.

Ah, welcher Scharfblick, welche Weitherzigkeit! Aber woher sollten Sie auch wissen, was das moderne Weib ist?

Gertrud.

Darüber hab' ich freilich noch keine Zeit gehabt, nach-zudenken, weil ich seit meinem sechzehnten Jahr meine Familie ernähre. Nur in Ihrem Thun, gnädige Frau, kann ich mit dem besten Willen nichts Modernes erblicken. Denn Frauen, die alles haben, was sie wollen, und doch mit nichts zu-frieden sind, die hat es meines Wissens zu allen Zeiten gegeben.

Thekla (höhnisch auflachend).

Also ich nicht modern — ich nicht modern? Das hat mir noch niemand gesagt! Haben Sie, mein sehr geschätztes Fräulein, denn überhaupt eine Ahnung vom Leben?

Gertrud.

Vielleicht mehr als Sie, gnädige Frau.

Thekla
(in steigender Erregung, ohne Gertruds Erwiderungen zu beachten).

Vom Leiden des Lebens?

Gertrud.

Das seh' ich alle Tage vor mir.

Thekla.

Wissen Sie, wie unendlich viel gehört zu einem wirk-lichen Glück?

Gertrud.

Ich finde, dazu gehört so wenig.

Thekla.

Und begreifen Sie, was es heißt, freiwillig zu entsagen?

Gertrud.

Nein.

Thekla (triumphierend).

Da haben Sie's ja, mein Kind.

Gertrud.

Freiwillig entsagen — das thut kein gesunder Mensch — nie und nimmer. Aber unfreiwillig entsagen — was das ist, gnädige Frau, das weiß ich um so besser. Und weil ich es weiß, deshalb konnte ich auch das Unglück ermessen, das Ihren Gatten betroffen hat ...

Thekla.

Und mein Unglück? Das namenlose Unglück einer Frau, die unverstanden durchs Leben geht, die sich gekettet sieht an einen solchen Dutzendmenschen ...

Gertrud (sich immer weniger beherrschend).

Nun, ich glaube, von solchen Menschen könnten wir ganz gut noch mehrere Dutzend brauchen.

Thekla (wird stutzig).

So, so — das glauben Sie ...

Gertrud.

Je näher ich Ihren Gatten kennen lernte, desto größere Sympathie hab' ich für ihn gewonnen; ja noch mehr, ich bewundre ihn! So viel Liebenswürdigkeit, so viel Herz, so viel Empfänglichkeit für alles, so viel echten Frohsinn hab' ich noch nie vereinigt gesehen, und wenn man bedenkt, daß er sich das alles bewahrt hat unter so erschwerenden Um= ständen — da muß ich doch sagen: Der Mann hätte auch verdient, verstanden zu werden, und die Mühe hätte sich gelohnt.

Thekla.

Ah, jetzt begreif' ich endlich. Das erklärt ja alles. Nur eines wird mir immer rätselhafter: wie gerade Sie mir noch raten können, zu diesem armen unverstandenen Mann zurück= zukehren.

Gertrud (sich völlig vergessend).

Nein, thun Sie's nicht! Ich widerrufe meinen Rat; in seinem Interesse widerruf' ich ihn! Für ihn ist es besser, er steht allein, so schwer es ihm auch fällt — besser, als wenn seine Lebensfreude langsam vernichtet wird. Nein, kehren Sie nicht zurück; thun Sie's nicht!

Thekla (mit Nachdruck).

Es ist das erste Mal, daß ich wieder Lust dazu bekomme. — (Sie scharf fixierend.) Oder war auch dieser neue, dieser ent= gegengesetzte Rat noch ganz uneigennützig? (Gertrud zuckt zu= sammen.) Sie hätten diplomatischer sein müssen, mein armes Kind. (Ab in ihr Zimmer.)

Neunzehnter Auftritt.

Gertrud. (Dann) Karsten.

Gertrud

(ohne aufzublicken, ganz erstarrt, glaubt Thekla noch anwesend).

Wie — wie meinen Sie das? ... (Sieht sich allein, hält

die Hände wie abwehrend vor ihre Brust.) Ich sollte ... ich ... (Von einer plötzlichen Einsicht überwältigt, sinkt sie auf einen Stuhl am Mitteltisch, birgt das Gesicht in den Händen und bricht in Schluchzen aus.) O mein Gott — mein Gott! —

Karsten (von rechts hinten, steckt vorsichtig den Kopf heraus).

Trube ... (Eilt erschrocken zu ihr.) Trube, du weinst! Du, und weinen! — Diese Frau — das ganze Haus hat sie mir in Trübsal versetzt. Lauter Trauerweiden! Und dabei soll man nun einen Tempel der Freude bauen! (Fast flehend.) Trube, ich bitte dich, lache doch wieder!

Gertrud
(ist aufgestanden und umschlingt ihn. Mit einem mutigen Lächeln).

Nur ein klein bissel Geduld, Vater. Ich werd's schon wieder lernen.

Dritter Aufzug.

(Dieselbe Dekoration. Der Kalender zeigt den 15. April.)

Erster Auftritt.

Karsten. Frau Moebius.

Karsten

(kommt kopfschüttelnd von rechts hinten und begegnet Frau Moebius, die durch die Eingangsthür auftritt).

Wo haben Sie denn bis jetzt gesteckt, Liese?

Frau Moebius.

Ich habe doch die Trude in der Schule entschuldigen müssen, weil sie heut morgen zu Hause bleibt.

Karsten.

Ach so, ja. Haben Sie denn eine Ahnung, was mit dem Kinde los ist? Seit gestern Abend ist sie wie verhext ...

Frau Moebius.

Sie wird eben endlich auch dahinter gekommen sein.

Karsten.

Wohinter?

Frau Moebius.

Daß das Leben nichts wert ist.

Karsten (schlägt auf den Tisch).

Himmeldonnerwetter, jetzt hab' ich genug! Ich verbitte mir das. In meinem Hause ist das Leben etwas wert, verstehen Sie mich, Sie alte Schneegans?

Frau Moebius.

Alte Schneegans! So haben Sie noch nie mit mir gesprochen in den fünfzehn Jahren, die ich bei Ihnen bin. Da kann ich ja wohl gehen.

Karsten.

Meinetwegen!

Frau Moebius.

Das hat 'ne strebsame Person davon, wenn sie sich mit Müh' und Not 'ne wissenschaftliche Ueberzeugung beibringt.

Karsten.

Unsinn! — Haben Sie's bei Ihrem Moebius nicht gut gehabt?

Frau Moebius.

Das ist vorbei.

Karsten.

Und bei uns nicht gleichfalls?

Frau Moebius.

Das ist auch vorbei. Das Leben ist so kurz . . .

Karsten.

Na, Ihr's doch gewiß nicht.

Frau Moebius.

Und der Tod, der unerbittliche Tod . . .

Karsten.

Ja, wenn Sie mir sagen, daß der nichts wert ist . . .
Aber warten Sie ihn doch gefälligst ab, bevor Sie sich beschweren.

Frau Moebius.

Sie schicken mich also wirklich fort?

Karsten.

Denke gar nicht dran. Aber kriegen Sie möglichst bald
'ne andre wissenschaftliche Ueberzeugung.

Frau Moebius.

Sie wollen mich nicht ernst nehmen, Herr Karsten.

Karsten.

Nee! Und ich rate Ihnen, thun Sie's auch nicht.

Zweiter Auftritt.

Karsten. Babette.

Babette (kommt aus Theklas Zimmer).

Frau Moebius, Sie sollen einmal hinein kommen. Der
Koffer geht nicht zu. (Frau Moebius ab.)

Karsten.

Ist die Dame bald reisefertig?

Babette.

Sie hat schon alles gepackt. Ich war ihr dabei behilflich.

Karsten.

Der Abschied fällt mir nicht schwer.

Babette.

Ihnen würde wohl auch ein andrer Abschied nicht schwer fallen, Herr Karsten.

Karsten.

Wieso? Welcher andre?

Babette.

Ich ... ich trage mich nämlich auch mit dem Gedanken ...

Karsten.

Uns zu verlassen? Ei, das thäte mir leid.

Babette (rasch).

Thät' es Ihnen leid?

Karsten.

Aber ganz gewiß.

Babette.

Und warum?

Karsten.

Weil Sie uns nicht im geringsten gestört haben.

Babette.

Nur nicht gestört? Und all unsre vertraulichen Gespräche ...

Karsten.

Jawohl, so ein leerer Platz, wo man gewohnt war hinzureden ...

Babette.

Also Sie würden mich doch vermissen?

Karsten.

Kann schon sein.

Babette.

Sie haben ganz recht. Man muß sich erst einmal prüfen, ob durch eine längere Trennung ...

Karsten.

Ach so! Sie wollen später wiederkommen.

Babette.

Wär' Ihnen das recht? Würd' Ihnen das passen, wenn ich den leeren Platz später wieder einnähme?

Karsten.

Das besprechen Sie nur mit meiner Tochter, Fräulein Seiler. Sie wissen ja: das Geschäftliche überlass' ich ihr. (Ab rechts hinten.)

Babette (entgeistert, vor sich hin).

Das Geschäftliche! — —

Dritter Auftritt.

Babette. Thekla.

Thekla

(in der Straßentoilette des ersten Aufzugs, kommt mit Frau Moebius, welche sogleich abgeht, aus ihrem Zimmer. In dumpfem Ton).

Der Koffer ist geschlossen. —

Babette.

Darf ich fragen, wohin Sie sich von hier begeben?

Thekla.

Weiß ich es denn selbst? Ich bin aus mir heraus= geschleudert. Wenn ich nur die Stelle wüßte, wo ich mich wiederfinde — der Ort ist Nebensache. —

Babette (nach einer kleinen Pause).

Sie sagten doch gestern, wir müßten den Männern zeigen, daß wir sie entbehren können.

Thekla (mit nachdenklichem Nicken).

Ja, wenn wir ihnen unentbehrlich werden wollen. (Setzt sich vorn links.) Das eben war mein Fehler. — Aber ich bin kampfesmatt; meine Schwingen sind gelähmt. Wenn ich damals geahnt hätte, daß uns die Selbständigkeit so er= schwert wird ...

Babette (seufzend).

Ach ja!

Thekla.

Daß all meine Qualen sich nur vergrößern ...

Babette.

Liebe Frau Hildebrand, ich möchte . . . ich möchte Ihnen einen Vorschlag machen, mit dem vielleicht uns beiden geholfen ist.

Thekla (bitter).

Mir geholfen — mir!

Babette.

Sie dachten doch daran, eine Gesellschafterin zu engagieren . . .

Thekla (mit der Hand über die Stirn fahrend).

Ja, ich glaube, ich dachte einmal daran . . . Oder auch nicht. Ich denke so Vieles, so Verschiedenartiges . . .

Babette.

Ich wüßte Ihnen jemand für diesen Posten.

Thekla.

So? Wen denn?

Babette.

Mich selbst.

Thekla.

Gesellschafterin wollen Sie werden — und bei mir! Das ist kein leichtes Amt, Fräulein Seiler.

Babette.

O, das weiß ich. Aber ich bin von Natur so schmiegsam . . . Und ein wirklicher Kamerad kann doch nur das Weib dem Weibe sein.

Thekla (mitleidig).

Glauben Sie? — — (Steht auf, geht nach rechts.) Nun, ich danke Ihnen jedenfalls; ich will es mir überlegen ... Nur gerade jetzt, in dieser ungewissen Stunde ...

Frau Moebius (meldet).

Herr Doktor Wulff.

Thekla.

Ah, sehr gut. Ich lasse bitten. (Frau Moebius ab.) Wir sprechen noch darüber.

Babette.

Ich harre auf Ihren Bescheid. (Ab in ihr Zimmer.)

Vierter Auftritt.

Thekla. Wulff.

Wulff (sieht übernächtig aus, gähnt ab und zu verstohlen).

Ich komme zu so früher Stunde, teuerste Freundin ... Ihr Gatte ist doch noch nicht wieder hier gewesen?

Thekla
(nachdem sie ihn stumm und etwas kühler als sonst begrüßt hat).

Nein. Ich werde ihn auch hier nicht mehr erwarten. Ich bin gerade im Begriff, auszuziehen.

Wulff.

Um so besser. — Vor allem drängt es mich, Ihnen mein aufrichtiges Bedauern auszudrücken über den gestrigen Vorfall ...

Thekla.

Ich habe sehr darunter gelitten, mein Freund. (Setzt sich auf den Diwan.)

Wulff.

Ich nicht minder, und wenn Sie mir nicht unmöglich gemacht hätten, Sie zu begleiten ... Aber Ihr unerwartet jäher Aufbruch ... Die ganze Gesellschaft war wie vor den Kopf geschlagen.

Thekla.

Das nennen Sie eine Gesellschaft?

Wulff.

Nicht in demselben Sinn wie jenen Kreis, in welchem wir uns früher trafen. Aber aus diesem strebten Sie doch so energisch heraus. (Setzt sich.) Sie wollten freie Menschen ...

Thekla.

So freie aber nicht.

Wulff.

Nun, ich will gewiß niemand verteidigen; noch weniger kann ich die redaktionelle Verantwortung übernehmen für jedes Wort, das gesprochen wurde. Sie erinnern sich ja auch meiner Bemühungen, dämpfend zu wirken ...

Thekla.

Aber Sie haben doch wohl vorher nicht gewußt, daß gerade diese Damen anwesend sein würden, diese Damen ...

Wulff.

Gewußt — nein. Aber immerhin vermutet.

Thekla.

Und doch haben Sie mich dorthin geführt — mich, Ihren Kameraden!

Wulff.

Diese Damen sind die Kameraden meiner Freunde.

Thekla.

Sie wollen mich doch nicht etwa auf eine Stufe stellen ...

Wulff.

Ich bin weit davon entfernt. Aber für meine Freunde sind es ganz vorzügliche Kameraden. Sie nehmen verständnisvollen Anteil an all ihren Geisteskämpfen; sie haben sie von Anfang an in jeder Weise ermutigt ...

Thekla.

Das kann ich mir lebhaft denken.

Wulff.

Aber, meine liebe Thekla, wie haben Sie sich denn eigentlich eine Gesellschaft moderner Geister vorgestellt?

Thekla.

Wesentlich anders.

Wulff.

Die Befreiung aus den Ketten des Philisteriums muß doch irgendwo zum Ausbruck kommen, der schrille Mißklang des Daseins irgendwie übertäubt werden.

Thekla.

O, dafür bin ich ja auch, aber edler, reiner, geistiger.

Wulff.

So! — Dann darf ich wohl nicht länger daran zweifeln, daß in diesem Punkt Ihre Ansicht unverrückbar feststeht.

Thekla.

Unverrückbar. Aber auch ich zweifle nicht, daß gerade dies der Punkt ist, wo das Weib, das echte Weib berufen ist, den Mann zu erheben, zu läutern . . . und wenn es meinen unermüdlichen Versuchen gelingen würde, gerade bei Ihnen . . .

Wulff.

Es ist Ihnen vielleicht schon gelungen.

Thekla.

O, das wäre ja traumhaft!

Wulff (gähnend).

A . . . allerdings.

Thekla.

Sie scheinen müde zu sein, teurer Freund. Sie sind wohl spät nach Hause gekommen?

Wulff (die Frage absichtlich überhörend).

Ich habe eine schlaflose Nacht verbracht. Unablässig hab' ich mich auf meinem Lager herumgewälzt, und die Schatten des jüngst Vergangenen huschten durch mein gefoltertes Hirn. Endlich verdichteten sich die tanzenden Gedanken zu einem Centrum, und es war mir, als riefe mir eine innere Stimme meines Mikrokosmus unaufhörlich Ihre gestrigen Worte zu: Die schmerzliche Wollust des Entsagens.

Thekla (ſtrahlend).

Nicht wahr? Nicht wahr?

Wulff.

Und dann begann ich den ſchwerſten Kampf zu kämpfen, der jemals mein Ich durchtobt hat. (Gähnt.)

Thekla.

Und Sie haben geſiegt! Ich ſeh' es Ihnen an, daß Sie geſiegt haben.

Wulff.

Noch nicht ganz. Aber hier vor Ihnen will ich den Sieg vollenden. Auf meinem Wege wollen Sie mir nicht folgen; ich muß mich alſo — wenn auch blutenden Herzens — bekehren zu dem Ihrigen. Thekla — ich entſage.

Thekla.

Das wollten Sie? Das könnten Sie? — O, nun glaub' ich Ihnen erſt, daß Sie mich wahrhaft lieben.

Wulff.

Mehr als mich ſelbſt. Mag das unſelige Feuer mich weiter verzehren . . .

Thekla.

Ach, warum iſt dieſe grauſame Prüfung nötig! Warum durft' ich nicht die Ihre werden ganz und für immer!

Wulff.

So, wie Sie es ſich dachten, können Sie es nicht — und ſo, wie es mir vorſchwebte, wollen Sie es nicht. Was bleibt da noch übrig?

Thekla.

Die Geistesverwandtschaft, mein Freund!

Wulff.

Ja, diese bleibt uns. Aber für diese allein brauchen Sie doch den bittren Kampf der Befreiung nicht fortzusetzen.

Thekla.

Bitter — ja wahrlich, das ist er! (Steht auf, geht nach= denklich nach links.)

Wulff (folgt ihr).

Und obendrein zwecklos — vollkommen zwecklos. Geistes= verwandte können wir bleiben, auch wenn Sie wieder zu Ihrem Mann zurückgekehrt sind. Dagegen kann er unmög= lich etwas einzuwenden haben.

Thekla (setzt sich aufs Sofa).

Und das empfehlen Sie mir — der Mann, der mich liebt?!

Wulff.

Eben, weil ich Sie liebe, über alles liebe. Nicht umsonst hab' ich so maßlos mit mir gerungen. Hätten wir einander ganz gehören können, es wäre ein Glück gewesen, zu groß, als daß es dem Staubgeborenen gegönnt wird. Indes, da alles Stückwerk ist auf dieser Erde, so lassen Sie Ihrem Gatten, worauf er Anspruch hat. Ich gebe mich mit der edleren Hälfte zufrieden.

Thekla.

Und wenn wir uns dann nur noch wenig sehen könnten . . .

Wulff.

Auch wenn wir uns gar nicht sehen, das Bewußtsein der ununterbrochene magische Konner unserer Seelen ...

Thekla.

Und damit würden Sie vorlieb nehmen — trotz Ihrer tiefen Leidenschaft?

Wulff.

Ich traue mir's zu.

Thekla (springt auf, begeistert ausbrechend).

Egon — Sie sind ein Held! Sie sind ein Uebermensch!

Wulff.

Sie überschätzen mich, Thekla.

Thekla.

Ich Sie überschätzen — nach einer solchen Opferthat! Nach einem solchen Heroismus! — O, was müssen Sie seit gestern Abend durchgemacht haben!

Wulff.

Ich werde es nicht so bald vergessen.

Thekla.

Und ich — ich habe mich für die Stärkere gehalten! Ich kämpfte ja den gleichen Kampf; aber ich hätte ihn nicht allein zu Ende führen können. Und nun haben Sie zuerst die beispiellose Kraft gefunden ... Egon, ich könnte vor Ihnen knieen!

Wulff.

Nimmermehr!

Thekla.

Egon, wie ist Ihnen denn nur jetzt zu Mute?

Wulff.

Ich habe es nie so tief gefühlt wie in dieser Stunde, daß Entsagung eine schmerzliche Wollust ist — schmerzlich, und dennoch eine Wollust.

Thekla.

Eine unaussprechliche. Und wäre dieses Gefühl durch einen flüchtigen Rausch zu ersetzen gewesen? Ist es nicht auch ein Rausch?

Wulff.

Der Rausch des Abschieds.

Thekla.

Ja, der Rausch des Abschieds. (Leidenschaftlich.) Egon!

Wulff.

Thekla!

Thekla.

O in diesem Augenblick wär' ich zu allem fähig.

Wulff (überrascht, flüstert).

Zu allem? Ist das wahr?

Thekla.

Egon, ich bete dich an! (Stürmische Umarmung.)

Fünfter Auftritt.

Vorige. Frau Moebius.

Frau Moebius (tritt ein, prallt zurück).

Bitt' um Verzeihung ...

(Die beiden stieben auseinander.)

Thekla (verwirrt).

Was ... was gibt's?

Frau Moebius.

Ihr Herr Gemahl ist draußen.

Wulff (zeigt auf die Thür links vorn).

Ist ... ist hier noch ein anderer Ausgang?

Frau Moebius (zu Thekla).

Was soll ich ihm ...

Wulff (zu Frau Moebius).

Einen Augenblick! (Zu Thekla, auf Babettens Zimmer deutend.)
Geht dies Zimmer auf den Korridor?

Thekla.

Nein. Und warum auch? Sie brauchen wahrlich diese
Begegnung nicht zu scheuen.

Wulff (immer dringender).

Aber um Ihretwillen ... Wenn er mich hier findet —
gerade jetzt ...

Thekla.

Er soll Sie finden, und beschämt soll er vor Ihnen stehen. (Zu Frau Moebius, mit Würde.) Lassen Sie meinen Mann eintreten.

Frau Moebius (ab).

Wulff.

Aber das ist ja Wahnsinn, Aberwitz! . . .

Thekla.

Jetzt soll er endlich erfahren, was Größe ist! Ich sage ihm alles.

Wulff (verzweifelt).

Aber ich verbiete Ihnen . . .

Sechster Auftritt.

Thekla. Wulff. Hildebrand.

Hildebrand

(sehr verblüfft durch die Anwesenheit Wulffs, auf den er einen scharfen, fragenden Blick wirft, kommt nach vorn links).

Du hast mich warten lassen, Thekla. — Du weißt, warum ich heute komme.

Thekla (in der Mitte zwischen beiden).

Du willst einen definitiven Bescheid . . .

Wulff

(rechts, mit möglichster Haltung, zwingt sich zu einem konventionellen Lächeln).

Da unser Thema ja erledigt ist, so will ich nicht länger . . .

Thekla.

O nein, mein Freund, bleiben Sie! Zu dieser Unter=
redung gehören Sie notwendig dazu. Man kann auch die
Bescheidenheit zu weit treiben.

Hildebrand.

Zu dieser Unterredung? Wie soll ich das verstehen? ...

Wulff.

In der That, auch ich verstehe nicht ... und ich halte
es für das Beste, gnädige Frau ...

Thekla (zu Hildebrand).

Er will nicht, daß ich seinen Ruhm vor dir verkünde!

Hildebrand.

Du machst mich ja äußerst neugierig.

Wulff.

Aber ...

Thekla.

Nein, ich kann Ihnen das nicht ersparen. (Zu Hildebrand.)
Sieh dir ihn an, diesen Mann! Er liebt mich wahnsinnig;
gestern hat er es mir gestanden ...

Hildebrand.

Sapperment!

Wulff.

Aber ...

Thekla.

Er sieht in mir sein zweites Ich; er hält mich für das
Weib, das ihm zeitlebens gefehlt hat; er nennt mich seine
geistige Ergänzung ...

Wulff.

Aber …

Thekla.

Und trotz alledem ist er noch größer als seine Leiden=
schaft. In schwerem Kampfe hat er sie niedergerungen, und
in dieser Stunde hat er mir entsagt; ja, damit nicht genug,
er selbst empfiehlt mir, zu dir zurückzukehren.

Hildebrand.

Das ist kolossal — kolossal! — Und du?

Thekla.

Ich?

Hildebrand.

Wie verhältst du dich zu alledem?

Thekla.

Ja, auch ich fühle die tiefe Geistesverwandtschaft, die
unsere Seelen verkettet. Er allein hätte vermocht, mich aus=
zufüllen, und daß ich zu ihm emporschaue, das wirst du
selbst mir nun nicht mehr verdenken.

Hildebrand.

Nein, jetzt nicht mehr!

Thekla.

Aber soll ich hinter ihm zurückstehen? Darf ich eines
solchen Opfers unwürdig sein? O nein, er hat mir den Weg
der Pflicht gewiesen, und jetzt hab' ich Kraft, ihn zu gehen.
Du siehst mich bereit.

Hildebrand.

Wozu?

Thekla.

Hier bin ich, Otto. Führe mich zurück in dein Haus.

Hildebrand.

Alle Wetter! Eine solche Selbstverleugnung — das ist geradezu beispiellos.

Wulff (erleichtert).

Damit wäre ja alles wieder ins Geleise gebracht, und ich darf nicht länger ...

Hildebrand.

Bitte sehr, Herr Doktor. Nun muß ich Sie ersuchen zu bleiben; denn nun finde auch ich, daß Sie zu dieser Unter= redung dazu gehören. Was meine Frau mir soeben mit= geteilt hat, das zeigt mir die Situation in einem völlig neuen Lichte. Bisher habe ich nur gewußt, daß sie von mir unabhängig werden will, weil — (greift in seine Rocktasche) einen Augenblick; ich trage den Brief immer bei mir — (hat ihn hervorgezogen und liest) weil eine unüberbrückbare Kluft zwi= schen uns liegt; weil ich ihrem Geistesleben total verständ= nislos gegenüberstehe; weil sie keine andere Pflicht mehr an= erkennt als die Treue gegen sich selbst. — Von Ihnen steht in dem Brief noch keine Silbe. Denn hätte ich die leiseste Ahnung gehabt, daß sie sich zu einem andern Manne hingezogen fühlt, einem Mann, der sie liebt ...

Thekla.

Du hättest mich ja doch niemals freigegeben.

Hildebrand.

Aber Thekla, hältst du mich denn wirklich für einen solchen Unmenschen, daß ich im stande wäre, zwei Menschen, die sich so füreinander geschaffen fühlen, auseinander zu reißen? Und Sie, mein Herr Doktor, haben Sie ernstlich geglaubt, ich könnte ein derartiges doppeltes Opfer annehmen? Nein, und tausendmal nein: Jetzt ist die Reihe des Ent= sagens an mir.

Thekla (ungläubig).

Du entsagen — du? Nach allem, was du mir gestern erklärt hast! ...

Hildebrand.

Ich hab' dir erklärt, daß ich mich verpflichtet halte, für dich zu sorgen und dich nicht deinem Schicksal zu überlassen.

Thekla (zu Wulff).

Nun also!

Hildebrand.

Aber jetzt liegt der Fall doch ganz anders. Hier steht der Mann, der von jetzt an für dich sorgen wird, und er ist in der glücklichen Lage, das in noch viel ausgedehnterem Maßstab zu können als ich.

Thekla.

Und das sagst du mir, nachdem ich mich bereit erklärt habe, zu dir zurückzukehren!

Hildebrand.

Ich sage dir: Folge getrost der Stimme deines Herzens. Folge dem Mann, dessen geistige Ergänzung du bist. Werde glücklich mit ihm. Ich bin dir nicht mehr im Wege.

Thekla (zu Wulff).

Das alles ist ja nicht sein Ernst! So redet er nur, um mich vor Ihnen zu demütigen.

Wulff.

Jedenfalls bin ich es, der zu entsagen hat.

Hilbebrand.

Nein, bitte sehr, das bin ich.

Wulff.

Sie sind ja doch der Gatte . . .

Hilbebrand.

Aber Sie sind der Kamerad.

Wulff.

Herr Hilbebrand, Sie verkennen vollständig die Trag=
weite eines momentanen Selbstvergessens, einer harmlosen
Schwärmerei . . .

Thekla.

Nein, teurer Freund, entweihen Sie nicht unsre edlen
Empfindungen vor einem Mann, dem es so unglaublich leicht
wird, auf mich zu verzichten.

Hilbebrand.

Das scheint ja Herrn Wulff noch viel leichter zu werden.

Thekla.

O, wie du ihm unrecht thust! Er hat gekämpft bis
zum letzten Augenblick . . .

Hilbebrand.

Weiß Gott, das hab' ich auch gethan! Sieben Jahre
lang hab' ich gekämpft — redlich gekämpft, um aus dir

einen zufriedenen Menschen zu machen, um dich mit deinem
grausamen Schicksal zu versöhnen. Auch als du mir davon=
liefst, hab' ich diesen Kampf nicht aufgegeben; ich hab' ihn
fortgesetzt — bis zu dieser Stunde, wo ich von dir erfahren
habe . . .

Thekla.

Und nur daher deine plötzliche Sinnesänderung?

Wulff.

Sie werden sich zweifellos viel schneller verständigen,
wenn Sie beide allein . . .

Thekla und Hildebrand (zugleich).

Nein, bitte, bleiben Sie!

Thekla (dringlicher).

Und nur daher deine Sinnesänderung?

Hildebrand.

Hab' ich denn nicht bis heute mich wie ein Bittsteller
von dir behandeln lassen, wie ein Einbrecher? Bin ich nicht
wochenlang hinter dir hergelaufen mit einer wahren Engels=
geduld . . .

Thekla.

Du willst mir doch nicht etwa jetzt noch einreden, daß
du nur um meinetwillen alle Tage hierher gekommen bist?

Hildebrand.

In der ersten Zeit allerdings.

Thekla.

Und später?

Hildebrand.

Du weißt ja, daß mir dieses Haus von Tag zu Tag besser gefiel.

Thekla.

Nur das Haus? — Nur das Haus? — (Zu Wulff.) Nun sollen Sie beurteilen, ob ich echte und falsche Entsagung unterscheiden kann; nun sollen Sie erleben, wie ich diesen selbstlosen Ehemann entlarve.

Wulff.

Aber . . .

Thekla (zu Hildebrand).

Ja, ich glaube den Magneten zu kennen, der dich hierher gezogen hat. Du haft dich ganz einfach vergafft in eine andere!

Hildebrand (nach einer kurzen Pause).

Da kannst du vielleicht recht haben.

Thekla.

Du gestehst es also? (Zu Wulff, triumphierend.) Er gesteht es!

Hildebrand.

Ich hab' es bis heute mir selbst nicht eingestanden. Aber jetzt — nach deinem Geständnis — brauch' ich es weder vor mir zu leugnen noch vor dir.

Thekla (zu Wulff).

Hören Sie? Hören Sie? — Das übertrifft meine kühnsten Erwartungen.

Hildebrand.

Willst du mir deshalb etwa Vorwürfe machen? Du bist ja ganz allein dran schuld.

Thekla.

Ich?!

Hilbebrand.

Ja, du. — Daburch, daß du mich verließest, kam ich hier ins Haus. Daburch, daß du mich nicht empfingst, plauberte ich mit ihr und lernte sie kennen. Daburch, daß du auswärts speistest, aß ich hier. Schritt für Schritt hast du mich weiter getrieben, und was ich mir bisher selbst verschwieg, nun hast bu's auch noch ausgesprochen und mir so zur vollsten Klarheit gebracht. Ja, du hast nicht eher geruht, als bis auch ich einen Kameraden gefunden habe, der meine Anschauungen teilt, der für meine Interessen Verständnis hat — und das ist nun meine Geistesverwandtschaft!

Thekla (immer mehr rabbiat).

Geistesverwandtschaft! Wie bequem es doch für kleine Seelen ist, sich mit großen Worten zu brapieren! Kamerabschaft! So nennst du eine ganz gewöhnliche alltägliche Verliebtheit! Einfach ben Kopf hast du ihr verbreht, was ja kein besonderes Kunststück ist bei so einer, und das hat bir imponiert, daß sie gleich Feuer und Flamme war.

Hilbebrand (freubigst überrascht).

Was? Sie Feuer und Flamme?

Thekla.

Nun natürlich! Das Herzchen brennt lichterloh. Nicht einmal für der Mühe wert hat sie's gehalten, sich zu verstellen. Wie sie dich gelobt, dich verteibigt hat ...

Hilbebranb.

Hat sie bas?

Thekla.

O, ganz empörend.

Hildebrand.

Herrliches Mädchen!

Wulff (zu Thekla).

Aber wär' es denn jetzt nicht besser für Sie selbst, wenn ich . . .

Thekla.

Jetzt müssen Sie bleiben, mehr als je! Sie müssen mir zur Seite stehn. Denn jetzt will ich eine gründliche Abrechnung halten. (Sie geht nach rechts hinten.)

Wulff.

Aber . . .

Hildebrand (ihr den Weg vertretend).

Was willst du thun?

Thekla.

Ich will diese Dame fragen, mit welchem Rechte . . .

Hildebrand.

Hab' ich Herrn Wulff nach seinem Rechte gefragt?

Thekla.

Hat Herr Wulff dir ein Zimmer vermietet? Warst du bei ihm in Pension? Hat er dir gegenüber eine Verpflichtung?

Wulff (ist nach links vorn gegangen).

O doch, ich habe . . .

Thekla.

Nein, lieber Freund — Sie nicht! Aber diese Dame hatte sie gegen mich, und deshalb ... (Klopft an die Thüre rechts hinten.)

Hilbebrand.

Thekla, ich untersage dir ...

Thekla.

Du mir noch etwas untersagen! (Klopft stärker.) Fräulein Karsten! (Oeffnet die Thür ein wenig und ruft hinein.) Fräulein Karsten — ich bitte ...!

Wulff (links)

Hilbebrand (rechts)

(falten gleichzeitig die Hände mit einem verzweifelten Blick nach oben).

O! — —

Siebenter Auftritt.

Vorige. Gertrud.

Gertrud (von rechts hinten; sie sieht bleich und angegriffen aus).

Verzeihen Sie, gnädige Frau ... Ich soll wohl nach einem Wagen schicken?

Thekla.

Vorher möchte ich nur noch von Ihnen wissen, mein Fräulein ...

Hilbebrand

(energisch und zugleich mit allen Zeichen peinlichster Angst).

Thekla! Ich bitte dich noch einmal dringend ...

Thekla.

Unbesorgt! Ich will Fräulein Karsten nur fragen, zu welchem Zwecke sie diese Pension gegründet hat.

Hildebrand.

Darauf will ich dir die Antwort geben. Weil Fräulein Karsten zur Selbständigkeit gezwungen war; weil sie sich und ihrem Vater die Unabhängigkeit durch eigene Kraft er= obern mußte. Hättest du nur auch eine Pension gegründet und mir dann gesagt, daß du mich nicht mehr nötig hast — das würde mir imponiert haben.

Thekla.

Nun, da ist doch noch ein kleiner Unterschied. Ich habe mir meine Selbständigkeit erst erringen wollen; Fräulein Karsten aber scheint kein Mittel zu scheuen, um die ihrige aufzugeben.

Hildebrand.

Thekla!

Gertrud (mühsam).

Gnädige Frau, ich muß Sie ersuchen ...

Thekla (zu Wulff).

Warum stehen Sie mir nicht bei? Sie sehen ja, wie er ihr beisteht.

Wulff.

Aber ...

Gertrud.

Wenn Sie etwas gegen mich auf dem Herzen haben, gnädige Frau, so bin ich jederzeit bereit, Ihnen Rede zu stehen; aber Ihnen allein.

Hildebrand.

Sehr richtig.

Gertrud.

In Anwesenheit dieser beiden Herren muß ich be=
dauern . . . (Sie macht Miene zu gehen.)

Wulff (zu Gertrud).

Ich werde mich augenblicklich zurückziehn . . .

Thekla.

Halt, bleiben Sie! — Und Sie auch, mein Fräulein!
(Zu Wulff.) Unterstützen Sie mich doch! (Zu Gertrud.) Gerade
in Anwesenheit dieser beiden Herrn . . .

Hildebrand.

Nun genug, Thekla! — Gehen Sie, mein Fräulein . . .

Thekla.

Ja, gehen Sie und nehmen Sie den Mann gleich mit,
den Sie so geschickt in Ihre Netze gelockt haben.

Gertrud (aufflammend, wendet sich um).

Ich hätte . . .

Hildebrand.

Thekla, du bist von Sinnen!

Gertrud.

Und eine solche aus der Luft gegriffene Beschimpfung . . .

Thekla.

Aus der Luft gegriffen? O, Sie brauchen nicht mehr
zu heucheln! Wir wissen alles. Dieser Mann hat uns
soeben bekannt, daß er Sie anbetet . . .!

Gertrud (am ganzen Leibe zitternd).

Allbarmherziger . . . (Sie schwankt und droht umzusinken.)

Hilbebrand (eilt zu ihr und stützt sie).

Mein liebes Fräulein . . .

Thekla (erstaunt zu Gertrud).

Ja, wußten Sie das etwa noch nicht?

Hilbebrand (die halb Ohnmächtige im Arme haltend).

Nein, das wußte sie noch nicht. Das hast du ihr erst gesagt. Ich hätte es nicht übers Herz gebracht.

Thekla.

So?! Wie hast du denn erfahren, daß sie dich liebt?

Hilbebrand.

Ebenfalls von dir. Ich wagte noch nicht einmal zu hoffen.

Thekla (gänzlich consterniert).

Aber das ist ja . . .

Hilbebrand.

Fräulein Gertrud . . . liebes Fräulein Gertrud . . . Ich bitte, seien Sie stark . . . seien Sie tapfer . . .! Ich bedaure unendlich. . . . Ich dachte, daß Sie das niemals erfahren sollten — oder doch wenigstens nicht auf solche Weise. . . . Aber — nun wissen Sie's, und ich kann die Worte meiner Frau nur bestätigen.

Gertrud (sich aufraffend).

Lassen Sie mich! O, lassen Sie mich! — Hier steht Ihre Frau.

Hildebrand (auf Wulff deutend).

Und hier steht der Bräutigam meiner Frau.

Gertrud.

Wie?!

Wulff.

Aber . . .

Thekla (zu Wulff).

Schweigen Sie doch jetzt!

Wulff.

Aber bedenken Sie, diese Situation ist ja für mich . . .

Thekla.

Für mich auch.

Hildebrand.

Ja, Fräulein Gertrud, wenn Sie jetzt noch von mir gehen wollen, dann gibt es nur eine Erklärung — nur eine . . .

Gertrud (in höchster Verwirrung).

Aber, Herr Hildebrand, das ist alles. . . . Ich kann ja nicht; ich darf ja nicht . . .

Hildebrand.

Wollen Sie vielleicht auch entsagen? Nein, wenn es wahr ist, daß Sie mich ein wenig liebgewonnen haben, dann dürfen Sie es frei und offen bekennen. Sie wissen selbst am besten, daß ich meine Pflichten nicht leicht nahm, und ich muß Ihnen das Zeugnis geben, daß Sie mich darin immer bestärkt haben. Wenn es so weit gekommen ist, Sie tragen wahrhaftig keine Schuld. Meine Frau hat mich selbst auf die bündigste Art aller Pflichten enthoben, indem sie mir gesagt hat, daß ihr Herz einem andern gehört.

Thekla.

Bitte sehr, ich sagte nur: mein Geist.

Hildebrand.

Dein Geist; nun, das ist ja bei dir die Hauptsache. — (Tritt zu Gertrud, die wieder nach hinten gegangen ist, auf Thekla und Wulff deutend.) Jedenfalls stehen dort zwei Menschen, die sich wunderbar ergänzen, die für einander bestimmt waren von Anfang an, die freudig aufatmen werden, endlich alle Hindernisse ihrer dauernden Vereinigung beseitigt zu sehen. — Und deshalb kann ich mit gutem Gewissen vor Ihren Vater treten und ihm sagen: Auch ich habe jetzt einen Kameraden, und der soll fortan mit mir durchs Leben gehen, an meiner Seite, in gleichem Schritt und Tritt! — Wollen Sie mir zu ihm folgen? (Er sieht, daß sie wieder schwankt.) Was ist Ihnen?

Gertrud.

O — nichts ... nichts ...

Hildebrand.

Kommen Sie! (Er geht mit ihr ab rechts hinten.)

Achter Auftritt.

Thekla. Wulff.

Thekla

(nach einer Pause, in der beide den Abgehenden verblüfft nachgeschaut und sich dann sprachlos gegenübergestanden).

Was sagen Sie dazu?

Wulff

(beginnt sich allmählich wieder als Herr der Situation zu fühlen).

Ja, die Beiden hätten Sie nun glücklich mit einander verheiratet.

Thekla.

Daran sind Sie schuld!

Wulff.

Ich? Das ist köstlich.

Thekla.

Warum haben Sie mich denn so ganz und gar im Stich gelassen? Warum haben Sie mir nicht sekundiert?

Wulff.

Warum haben Sie denn nicht rechtzeitig auf mich ge= hört? Warum haben Sie nicht vermieden, mich und sich selbst in eine so überaus peinvolle Lage zu bringen? Wenn man zu einem Manne zurück will, erzählt man ihm doch nicht von einem andern.

Thekla.

Ja, wenn man vorher wüßte, daß dieser andre sich so benimmt.

Wulff.

Liebste Freundin, es gibt Situationen, in denen man sich überhaupt nicht mehr benehmen kann.

Thekla.

So? Und warum haben Sie nicht aufgejauchzt in dem Augenblick, wo er mich losließ.

Wulff.

Aber Sie ließen ihn ja nicht los.

Thekla.

Sie hätten mich von ihm reißen sollen.

Wulff.

Sie scheinen sich nicht klar zu machen, was ein über=
standener Kampf bei einem Manne bedeutet. Wenn ich ein=
mal entsagt habe, dann hab' ich entsagt.

Thekla.

Aber das thaten Sie doch nur, weil Sie an die traurige
Notwendigkeit glaubten . . .

Wulff.

Und wenn diese Notwendigkeit bestanden hätte, dann
wären Sie ruhig mit Ihrem Gatten nach Hause gegangen.

Thekla.

Auf Ihren Rat!

Wulff.

Und Sie waren von diesem Rate ganz begeistert.

Thekla.

Aber das wollt' ich eigentlich gar nicht. Ich wollte die
Freiheit.

Wulff.

Und die haben Sie doch jetzt.

Thekla.

Ja, gottlob, nun bin ich frei! Frei . . . verstehen Sie,
was das heißt?

Wulff.

Das verstehe ich vollkommen. Ja sogar, ich beneide Sie darum.

Thekla (setzt sich vor den Mitteltisch).

Sie mich? Sie sind es doch auch.

Wulff.

Leider nein.

Thekla.

Was?! Sie nicht frei! — Sie sind doch von Ihrer Frau längst geschieden.

Wulff.

Nur getrennt.

Thekla.

Und das sagen Sie mir erst jetzt?!

Wulff.

Sie haben mich ja nie danach gefragt.

Thekla.

Darauf hätten Sie nicht warten dürfen.

Wulff.

Aber welche Veranlassung . . .

Thekla.

Welche Veranlassung? Sprachen wir nicht gestern, ja noch heute, von der Möglichkeit einer Ehe zwischen uns?

Wulff.

Pardon, davon haben Sie gesprochen; ich nicht.

Thekla.

Aber als ich davon sprach, hätten Sie mir sofort er=
klären müssen: Diese Möglichkeit ist ausgeschlossen.

Wulff.

Das hatten Sie ja mir bereits erklärt.

Thekla (springt auf).

Also Sie waren noch verheiratet, und trotzdem ...

Wulff.

Sie waren ja auch verheiratet.

Thekla.

Warum haben Sie mir dann nicht gleich gesagt, ich soll
zu meinem Manne zurück?

Wulff.

Habe ich Ihnen gesagt, Sie sollten von ihm fortgehn?

Thekla.

Haben Sie mir nicht stets die Notwendigkeit der Be=
freiung geprebigt?

Wulff.

Allerdings; aber der inneren Befreiung — wohlver=
standen, der inneren.

Thekla.

Nannten Sie diesen Schritt damals nicht bewunderungs=
würdig.

Wulff.

Ja, wenn Sie das moderne Weib gewesen wären, das
ich in Ihnen vermutete.

Thekla.

Das heißt, wenn ich Ihre Geliebte hätte werden wollen.

Wulff.

O — dieses häßliche Wort . . .!

Thekla.

Bitte sehr, strapazieren Sie sich jetzt nicht mehr mit schönen Umschreibungen! Sie haben mich ja nun gründlich genug belehrt, was es auf sich hat mit Ihrer sogenannten Geistesverwandtschaft.

Wulff.

Aber, teuerste Freundin, diese Geistesverwandtschaft — besteht sie nicht wirklich zwischen uns? Sind Sie nicht ebenso tief wie ich durchdrungen von der Erbärmlichkeit und Zweck=losigkeit des Daseins?

Thekla.

Mehr als je zuvor. Und Sie dürfen überzeugt sein, daß ich mir auch die Ehe nicht mehr als ein Glück vorstelle, weder die Ehe überhaupt, noch die Ehe mit Ihnen — die ganz gewiß nicht.

Wulff.

Als prinzipieller Gegner der Ehe war auch ich Ihnen ja von Anfang an bekannt; aber unsre Kameradschaft . . .

Thekla.

Ich danke für 'ne solche Kameradschaft!

Wulff.

Gnädige Frau, ich habe mich Ihnen nicht aufgedrängt, und für meine uneigennützigen Versuche, Ihre eigenen Un=

bedachtjamkeiten zu redreffieren, hätte ich befferen Lohn ver=
dient. Aber ich verfichere Ihnen trotzdem, daß ich ftets den
aufrichtigſten, wärmſten Anteil nehmen werde an Ihrer
Zukunft.

Thekla.

Ich an der Ihrigen nicht. (Sie geht zum Mitteltiſch und
klingelt.)

Wulff.

Was gedenken Sie zu thun?

Thekla (ohne auf ihn zu hören, zu der eintretenden Frau Moebius).

Laſſen Sie, bitte, einen Wagen holen und mein Gepäck
hinunterſchaffen.

(Frau Moebius ab.)

Wulff.

Wollen wir uns denn nicht wenigſtens manchmal
ſchreiben? Gedanken ... Eindrücke ... Stimmungen ...

Thekla.

Sie werden nie wieder von mir hören. (Setzt ſich vorn
links.) Forſchen Sie nicht nach, in welchem ſtillen Erden=
winkel ich mein Leben dem Einzigen widmen werde, was
noch Wert für mich hat: der wiſſenſchaftlichen Erkenntnis.

Wulff.

Es iſt das Einzige, Sie haben recht. Und bei ruhiger
Ueberlegung werden Sie auch einſehen, daß wir beide uns
nicht das geringſte vorzuwerfen haben. — Leben Sie
wohl. (Ab.)

Neunter Auftritt.

**Thekla. Babette. (Später) Frau Moebius. Portier.
(Zweiter) Droschkenkutscher.**

Thekla (springt auf und klopft rasch entschlossen an Babettens Thür).
Fräulein Seiler!

Babette (tritt eilig heraus).
Frau Hildebrand?

Thekla.
Wie sagten Sie vorhin? „Ein wirklicher Kamerad kann
nur das Weib dem Weibe sein."

Babette.
Ganz richtig.

Thekla.
Ja, ganz richtig. Und deshalb ...

Frau Moebius (tritt ein).
Der Wagen ist da.

Thekla.
Dann benachrichtigen Sie, bitte, Herrn Karsten, daß
ich gehe — hören Sie, Herrn Karsten! (Frau Moebius ab
hinten rechts.) Ich nehme Ihr Anerbieten an, Fräulein Seiler.
Sie sollen meine Gesellschafterin werden und zwar, wenn
Sie können, sofort.

Babette (freudig).
Gerne!

Thekla.

Dann begleiten Sie mich jetzt ins Hotel.

(Frau Moebius kommt zurück. Gleichzeitig treten auch der Portier und ein [andrer] Droschkenkutscher ein.)

Babette.

Sogleich. Ich hole nur meinen Hut. (Eilig ab in ihr Zimmer.)

Droschkenkutscher.

Is wohl eklig schwer?

Portier.

Klotzig.

Frau Moebius (zum Kutscher, auf Theklas Zimmer deutend).

Da hinein. (Verschwindet mit den beiden vorn links.)

Babette (kommt im Hut zurück).

Da bin ich.

Thekla (ruft in die offen gebliebene Thür).

Nur geschwind! (Zu Babette.) Mir brennt der Boden unter den Füßen! (Sie geht nach vorn links, wo ihr Frau Moebius aus dem Zimmer entgegenkommt, das Handgepäck und ihren Hut und Mantel tragend; die letzteren nimmt sie ihr ab.)

(Der Portier und Kutscher sind gleichzeitig mit Frau Moebius, den großen Koffer tragend, zurückgekommen.)

Portier

(zum Kutscher, in der Eingangsthür, wo es dieselben Schwierigkeiten gibt, wie im ersten Aufzug).

Uff — hoch — so! (Beide ab; Frau Moebius folgt.)

Zehnter Auftritt.

Thekla. Babette. Karsten.

Karsten (ist von rechts hinten aufgetreten).

Gnädige Frau, Sie befehlen?

Thekla (reicht ihm ein verschlossenes Couvert).

Hier — die Miete — für den ganzen Monat.

Karsten.

Das ist eigentlich Sache meiner ... Ach ja so! ...
(Nimmt das Couvert.) Ich danke verbindlichst. Es war mir
sehr angenehm. (Er verbeugt sich und zieht sich dann zurück nach
rechts.)

Thekla (zu Babette, die ihr Hut und Mantel anlegen hilft).

Können Sie heute noch reisefertig sein?

Babette (mit einem halben Seitenblick auf Karsten).

Mich hält hier nichts mehr.

Thekla.

Dann reisen wir noch heute Abend.

Babette.

Und wohin?

Thekla.

An irgend einen stillen, weit abgelegenen Ort — Monte
Carlo — Nizza — gleichviel.

Babette.

Wie romantisch!

Thekla (absichtlich laut, damit Karsten sie hört).

Ja, endlich, Fräulein Seiler, endlich hab' ich meine volle, unbestrittene Selbständigkeit erlangt.

Babette.

O, da wünsch' ich Ihnen Glück!

Thekla.

Wie können Sie mir wünschen, was es überhaupt nicht gibt? — Kommen Sie! (Beide ab.)

Karsten (macht, etwas verlegen, noch eine Verbeugung hinterher).

War mir sehr angenehm. (Dann öffnet er die Thür rechts hinten und ruft hinein.) Kinder! . . .

Elfter Auftritt.

Karsten. Hildebrand. Gertrud. (Dann) Frau Moebius.

Hildebrand
(sieht ernst und ergriffen aus; noch in der Thür zu Karsten).

Sind sie fort? (Zu Gertrud.) Sie bedürfen jetzt des Alleinseins, liebe Gertrud — und ich auch. Wann darf ich wiederkommen?

Gertrud (ebenfalls sehr ernst).

Wenn es kein Unrecht mehr ist.

Hildebrand (sich verabschiedend).

Also auf Wiedersehn, Gertrud.

Gertrud.

Auf Wiedersehn. (Mit plötzlich hervorbrechender Leidenschaft eilt sie ihm nach.) Komm, so oft du willst! Komm alle Tage! Wir haben uns ja lieb.

Hildebrand (mit thränenerstickter Stimme).

Gertrud! — —

Karsten (klopft ihm auf die Schulter, zieht ihn nach vorn).

Hildebrand, nun wollen wir aber bauen!

Hildebrand (versucht in seinen alten Ton überzugehen).

Wie wär's mit einer kleinen Villa für uns drei — natürlich im neuen Stil?

Karsten.

Villa? Nein, Hildebrändchen, mit solchem Kleinkram befassen wir uns nicht. Aber wenn Sie mal einen Völker=verbrüderungstempel brauchen ...

Frau Moebius (kommt zurück).

Trude, ich habe dich in der Schule entschuldigt ... (Von höchstem Erstaunen gebannt, betrachtet sie die Gruppe.)

Karsten.

Da braucht sie überhaupt nicht mehr hin!

Gertrud.

Aber ich will. (Zu Hildebrand.) Heißt das, wenn du es willst.

Hildebrand.

Kann ich wollen, daß du etwas verlierst durch mich?

Gertrud (jubelnd, zu der noch immer starren Frau Moebius).

Ja, Liese, Liese — ich werde glücklich!

Frau Moebius.

Das warst du immer.

Gertrud.

Noch hunderttausendmal glücklicher! Warum mir das
alles? Warum gerade mir?

Karsten.

Glück ist ein Zufall.

Hilbebrand (ernst).

Glück ist vor allem ein Talent.

Gertrud (ihrem Vater beide Hände reichend).

Ja wohl, Vater. Und das hab' ich von dir geerbt. Ich
danke dir!

Ende.